www.ingramcontent.com/pod-product-compliance
Lightning Source LLC
LaVergne TN
LVHW020429080526
838202LV00055B/5101
9788196113407

چار کہانیاں

(بچوں کی کہانیاں)

مرتب و مصنف:

محمد حفیظ الدین

© Taemeer Publications

Chaar Kahaniyaan *(Kids stories)*
by: Hafeezuddin
Edition: April '2023
Publisher & Printer:
Taemeer Publications, Hyderabad.

ISBN 978-81-961134-0-7

مصنف یاناشر کی پیشگی اجازت کے بغیر اس کتاب کا کوئی بھی حصہ کسی بھی شکل میں بشمول ویب سائٹ پر اَپ لوڈنگ کے لیے استعمال نہ کیا جائے۔ نیز اس کتاب پر کسی بھی قسم کے تنازع کو نمٹانے کا اختیار صرف حیدرآباد (تلنگانہ) کی عدلیہ کو ہو گا۔

© تعمیر پبلی کیشنز

کتاب	:	**چار کہانیاں** (بچوں کی کہانیاں)
مصنف	:	**محمد حفیظ الدین**
صنف	:	ادب اطفال
ناشر	:	تعمیر پبلی کیشنز (حیدرآباد، انڈیا)
زیر اہتمام	:	تعمیر ویب ڈیولپمنٹ، حیدرآباد
سالِ اشاعت	:	۲۰۲۳ء
تعداد	:	(پرنٹ آن ڈیمانڈ)
طابع	:	تعمیر پبلی کیشنز، حیدرآباد ۔ ۲۴
صفحات	:	۹۰
سرورق ڈیزائن	:	تعمیر ویب ڈیزائن

فہرست

(۱)	ایک مزے دار کہانی	مرزا فرحت اللہ بیگ	7
(۲)	قصہ شکنتلا ناٹک	محمد حفیظ الدین	28
(۳)	نمک کا داروغہ	منشی پریم چند	48
(۴)	تولہ بھر ریڈیم	ترجمہ: ظفر علی خاں	60

تعارف

ایک مہذب اور صاف ستھرے سماج اور ملک و ملت کے زریں مستقبل کے لیے ادب اطفال کی جتنی ضرورت ہمیں کل تھی، آج بھی ہے۔ ان کہانیوں میں وعظ و پند کا شور نہیں بلکہ انسان دوستی اور ہمدردی کی دھیمی دھیمی اور بھینی بھینی مہک ہونی چاہیے۔

بچوں کے ادب کی زبان نہایت آسان ہونی چاہئے۔ طرز ادا اور اسلوب بیان ایسا ہو کہ بچے بخوشی انہیں پڑھیں، ان میں دلچسپی لیں، ان کو پڑھ کر مسرت محسوس کریں۔ کہانیوں میں مختلف دلچسپ واقعات کی شمولیت سے بچوں کی دلچسپی کو بڑھایا جا سکتا ہے۔

تعمیر پبلی کیشنز کی جانب سے ایسی چند قدیم اور مشہور کہانیوں کا ایک جدید ایڈیشن شائع کیا جا رہا ہے۔

۱۔ ایک مزے دار کہانی

گرمی کا موسم ہے۔ چاندنی رات ہے۔ صحن میں پلنگ بچھے ہیں۔ کھانا وانا کھا کر سب ابھی لیٹے ہیں۔ ایک پلنگ پر دو لڑکیاں سعیدہ اور حمیدہ لیٹی ہوئی کھسر پھسر کر رہی ہیں دوسرے پلنگ پر اُن کے دو چھوٹے چھوٹے بھائیوں احمد اور محمود میں کُشتم کُشتا ہو رہی ہے۔ اُن کی والدہ تخت پر جا نماز بچھائے عشا کی نماز پڑھ رہی ہیں۔ اُن کی نانی نے ابھی نماز سے فارغ ہو کر پاندان کھولا ہے۔ پاندان کی آواز سنتے ہی احمد اور محمود لڑائی وڑائی چھوڑ کر پلنگ سے اُٹھے اور نانی سے آکر لپٹ گئے۔ احمد نے کہا " نانی اماں کہانی" محمود نے کہا " نانی اماں کہانی " یہ سُننا تھا کہ سعیدہ اور حمیدہ بھی اُٹھ بیٹھیں اور انھوں نے بھی نانی سے کہانی کا تقاضا کیا۔ بڑی بی بہت کچھ کہتی رہیں۔ ارے بھائی میرے سر میں درد ہے۔ کل کہوں گی۔ دیکھو غل نہ مچاؤ۔

تمہاری اماں کی نماز میں ہرج ہوتا ہے۔ مگر کون سنتا تھا۔ آخر گھسیٹ گھساٹ بڑی بی کو پلنگ پر لا بٹھایا۔ دو ایک پہلو میں لیٹ گئے۔ دو دوسرے پہلو میں اور اب بحث شروع ہو گئی کہ کون سی کہانی کہی جائے۔ میاں احمد سب سے چھوٹے تھے۔ ان کا اصرار تھا کہ توتا مینا کی کہانی کہو۔ لڑکیاں مصر تھیں کہ ڈتہ کا قصہ سناؤ۔ بڑی بی پریشان تھیں کہ کون سی کہوں اور کون سی نہ کہوں۔ آخر کہنے لگیں تم سوچنے تو دیتے نہیں۔ کہوں تو خاک کہوں۔ ذرا دم لو' میں سوچ تو لوں۔ یہ سُن کر بچے چپ ہوئے۔ بڑی بی نے دماغ پر ذرا زور ڈال کر اس طرح کہنا شروع کیا:۔

تو ہاں بھئی خدا تمہارا بھلا کرے۔ ایک تھی بُڑھیا۔ بیچاری کے ایک ہی بچّہ تھا۔ مصیبت کی ماری سارے دن سُوت کاتتی۔ شام کو جا گدڑی میں بیچ آتی۔ دینا بنئے کے ہاں۔

سعیدہ:۔ نانی اماں وہی دینا جس کے ہاں سے ہمارا اناج آتا ہے۔

احمد:۔ نانی اماں دینا پودینہ، باجرے کی روٹی ٹکا ٹھینہ۔

بڑی بی نے بچوں کو ڈانٹا کہ نہ تم سنتے ہو نہ کہنے دیتے ہو۔ چلو جاؤ اپنی اماں سے جا کر کہانی سنو۔ وہ نماز پڑھ چکی ہیں۔ مجھ سے سننا ہے تو چپکے لیٹے رہو۔

خیر پھر اقرار ہوئے اور بڑی بی نے کہا۔ تو ہاں میں نے کہاں تک کہا تھا؟

حمیدہ :۔ دینا بنئے کے ہاں سے۔

بڑی بی :۔ ہاں بنئے کے ہاں سے تھوڑی سی دال، تھوڑا سا آٹا، تھوڑا سا نمک مرچ لاتی، پکاتی، خود کھاتی، بچے کو کھلاتی۔ اسی طرح کئی برس گزر گئے۔ بچہ خاصا سیانا ہو گیا۔

احمد :۔ نانی اماں سیانا کیا؟

نانی :۔ یعنی ذرا بڑا، ہوشیار۔

میاں محمود جوش میں آکر اٹھ بیٹھے اور کہا۔" نانی اماں جیسے میں" بہنوں نے میاں محمود کو پکڑ دھکڑ کر زبردستی لٹا دیا۔ اور پھر کہانی شروع ہوئی۔

نانی :۔ جب ذرا سیانا ہوا تو میاں جی کے پاس پڑھنے بٹھایا۔

احمد:۔ نانی اماں ۔ تختی پہ تختی میاں جی کی آئی کم بختی۔
نانی:۔ نا بیٹا۔ ایسی بُری باتیں نہیں کیا کرتے۔
مولوی صاحب باپ کے برابر ہوتے ہیں۔ ان کو بھائی بہنوں نے زبردستی خاموش کیا۔ اور کہانی کا پھر سلسلہ چھڑا۔
نانی:۔ بھئی وہ لڑکا تو ایسا نِکلا، ایسا نِکلا کہ سبحان اللہ۔ تھوڑے ہی دِنوں میں پڑھ پڑھا خاصا مولوی ہو گیا۔ اب بڑی بی کے دن پھرے۔ اچھے اچھے کھانے پکاتی۔ اچھے اچھے کپڑے بناتی۔ مزے سے دونوں ماں بیٹے رہتے۔ جب ہوتے ہوتے تھوڑا بہت روپیہ بھی جمع ہو گیا تو بڑی بی کو بچے کی شادی کی سوجھی۔ ڈھونڈ ڈھانڈ کر ایک لڑکی چندے آفتاب چندے ماہتاب بیاہ لائیں۔ بڑے چاؤ سے بہو کو گھر میں اُتارا۔ اچھے سے اچھا کھانا بہو کو کھِلاتی۔ اچھے سے اچھا کپڑا پہناتی۔ مگر بہو تھی کہ کوئی چیز اس کے بھاتی ہی نہ تھی۔ جب تک گھونگٹ رہا، اس وقت تک کسی نہ کسی طرح گزرے گئی۔ گھونگٹ اُٹھنا تھا کہ ساس پر مصیبت آگئی۔ زبان سے ہوتے ہاتھ پر اُتر آئی۔ خود ہی بُڑھیا کو مارتی اور خود ہی آنسوے بہانے بیٹھ جاتی۔

خاوند سے وہ وہ لگائی بجھائی کی کہ ایک دن بیٹے نے بھی خوب مارا۔ حمیدہ اُچھل پڑی۔ اور کہا "اے ہے ماں کو مارا۔ موئے کو بڑھیا پر ہاتھ اٹھاتے شرم نہ آئی؟"

نانی:۔ ہاں بیٹا۔ اچھی بیٹیاں ساس کو ماں کے برابر سمجھتی ہیں۔ نوج دور پار اگر شریفوں کی بہو بیٹیاں ایسی باتیں کرنے لگیں۔ تو پھر شریفوں اور چوہڑے چماروں میں کیا فرق رہ جائے؟ ہاں تو بیٹے نے مار پیٹ بڑھیا کو گھر سے نکال دیا۔

محمود:۔ اور ہلدی چونا نہیں لگایا؟

نانی:۔ ہلدی چونا لگانا ہوتا تو مارتا ہی کیوں؟ خیر بچاری بڑھیا روتی رُلاتی جنگل بیابان میں جہاں نہ آدم نہ آدم زاد۔ ایک بڑے درخت کے نیچے جا بیٹھی۔ اور لگی مُنہ ڈھانک کے رونے۔ خدا کا کرنا کیا ہوتا ہے کہ اُنہی دنوں جاڑا گرمی برسات میں جھگڑا ہوا۔ جاڑا کہتا تھا میں اچھا۔ گرمی کہتی تھی میں اچھی۔ برسات کہتی کہ میں اچھی۔ آخر صلاح یہ ہوئی کہ چلو چل کر کسی آدم زاد سے پوچھیں۔ اُن کا جو اِدھر گزر ہوا تو تینوں نے کہا "لو بھئی وہ

سامنے ایک بڑھیا بیٹھی رو رہی ہے۔ چلو اس سے پوچھیں"۔
سب سے پہلے میاں جاڑے آئے گوری گوری رنگت۔
گلے ایسے جیسے انار کا دانہ۔ سفید لمبی ڈاڑھی موٹا سا روئی کا
دگلہ پہنے۔

حمیدہ:۔ نانی اماں وہ کہاوت کیا ہے۔ دگلا سب سے اگلا؟

نانی:۔ دگلا سب سے اگلا، پہنو تو گرم بچھاؤ تو نرم باندھو تو بقچی کا بھرم۔ تو ہاں موٹا سا روئی کا دگلا پہنے خوب اوڑھے لپیٹے آئے۔ اُن کا آنا تھا کہ بڑی بی کو تھرتھری چھوٹ گئی۔ میاں جاڑے نے آکر کہا۔ بڑی بی سلام۔ بڑی بی نے کہا بیٹا جیتے رہو۔ بال بچے خوش رہیں۔ مگر بیٹا ذرا دھوپ چھوڑ کر کھڑے ہو مجھے تو تمہارے آنے سے کپکپی سی لگ رہی ہے۔ خیر میاں جاڑے ذرا ہٹ کر کھڑے ہوئے اور کہا کہ بڑی بی ایک بات پوچھوں؟ بڑی بی نے کہا۔ ہاں بیٹا ضرور پوچھو۔ میاں جاڑے نے کہا۔ "بڑی بی جاڑا کیسا؟"

بڑی بی نے کہا۔" بیٹا جاڑے کا کیا کہنا سبحان اللہ مہاوٹ برس رہی ہے۔ دالانوں کے پردے پڑے ہیں۔ انگیٹھیاں سلگ رہی ہیں۔ لحافوں میں دبکے بیٹھے ہیں۔

چائے بن رہی ہے۔ خود پی رہے ہیں۔ دوسروں کو پلا رہے ہیں۔ صبح ہوئی چنے والا آیا۔ گرم گرم چنے لیے۔ پہلے پھولے پھولے چنے لئے۔ کھائے۔ پھر کرڑ کرڑ ٹھنڈیاں چبا رہے ہیں بچے ہیں کہ جیبوں میں چنے ڈالے کھاتے پھر رہے ہیں۔ کابل سے طرح بہ طرح کے میوے آ رہے ہیں۔ سب مزے لے لے کر کھا رہے ہیں۔

سعیدہ:۔ نانی اماں حلوا سوہن بن رہا ہے۔

نانی:۔ حلوا سوہن بن رہا ہے۔ گاجر کی تری تیار ہو رہی ہے۔ باجرے کا ملیدہ بن رہا ہے۔ رس کی کھیر پک رہی ہے۔ اِدھر کھایا اُدھر ہضم۔ خون ہے کہ چُلّوؤں بڑھ رہا ہے۔ چہرے سُرخ سُرخ ہو رہے ہیں۔ بیٹیا جاڑا۔ جاڑے کا کیا کہنا۔ سُبحان اللہ۔

میاں جاڑے تھے کہ اپنی تعریفیں سُن سُن کر پھولے نہ سماتے تھے۔ جب بڑی بی چُپکی ہوئیں۔ تو میاں جاڑے نے کہا۔ "بڑی بی خدا تم کو زندہ سلامت رکھے۔ تم نے میرا دل خوش کر دیا۔ یہ لو ایک ہزار اشرفی کی تھیلی۔ خرچ ہو جائے تو اگلے جاڑے میں مجھ سے اور آ کر لے جانا۔"

میاں جاڑے ہٹے اور بی گرمی مٹکتے ہوئے سامنے آئیں۔ کوئی پندرہ سولہ برس کا سن۔ سُرخ سُرخ گال، ان پر ہلکا ہلکا پسینہ، روشن آنکھیں، لمبی کالی چوٹی، گلے میں موتیوں کا کنٹھا۔ ہاتھوں میں مولسری کی لڑیاں۔ جسم میں کرن لگی ہوئی۔ ہرے ڈورے کی پیازی اوڑھنی۔ غرض بڑے ٹھسّے سے آئیں اور آتے ہی کہا۔ "نانی اماں جان! اسلام"۔ بڑی بی نے کہا۔ "بیٹی جیتی رہو۔ بوڑھ سُہاگن رہو۔ کہو تم بھی کچھ پوچھنے آئی ہو۔ ابھی تمہارے بڑے ابا تو آکر پوچھ گئے ہیں۔"

بی گرمی نے کہا۔ "نانی جان وہ میرے ابا نہیں بڑے بھائی ہیں۔ ہاں تو میں پوچھنے آئی ہوں۔ کہ نانی جان گرمی کیسی؟"

بڑی بی نے کہا۔ "بیٹا گرمی۔ گرمی کا کیا کہنا سُبحان اللہ۔ دِن کا وقت ہے۔ خس خانوں میں پڑے ہیں۔ پنکھے جھلے جا رہے ہیں۔ بچوں کے ہاتھوں میں ہزارے ہیں۔ ایک دوسرے پر چلا رہے ہیں۔ برف کی قلفیاں کھائی جا رہی ہیں۔ فصل کے میوے آرہے ہیں۔ پتلی پتلی ککڑیاں ہیں۔ لوکاٹ ہیں۔ آڑو ہیں۔

حمیدہ :۔ نانی اماں سیب ہیں، انگور ہیں۔

نانی :۔ واہ بھئی واہ، انگور اور سیب جاڑے میں ہوتے ہیں۔

یا گرمی ہیں ؟ تم جب بولتی ہو بے تکی بولتی ہو۔ ہاں تو شام کو اُٹھے نہائے دھوئے۔ سفید سفید کپڑے پہنے۔ خس کا عطر مَلا۔ گلے میں موتیوں کے کنٹھے ہیں۔ ہاتھوں میں مولسری کی لڑیاں ہیں۔ صحن میں چھڑکاؤ ہو گیا ہے۔ گھڑونچیوں پر کورے کورے مٹکے رکھے ہیں۔ قلعی دار بجیروں پر سوندھی صراحیاں جمی ہیں۔ گھڑوں اور صراحیوں کے منہ پہ لال لال صافیاں لپٹی ہیں۔ اِرد گرد کاغذی آبخورے لگے ہوئے ہیں۔ گلاب کی بسی گنڈیریاں کھا رہے ہیں۔ رات ہوئی کوٹھوں پر پلنگ بچھ گئے۔ سفید سفید چادریں بچھی ہیں۔ اوپر پھول پڑے ہیں۔ خس کی پنکھیاں ہاتھوں میں ہیں۔ کوئی بھیگے ہوئے بان کے کھُرے پلنگ پر پڑا لوٹ رہا ہے۔

احمد :- نانی اماں کہانیاں ہو رہی ہیں۔

نانی :- ہاں کہانیاں ہو رہی ہیں۔ لوگ ہیں کہ رات کو فالیز پر جا رہے ہیں۔ خربوزے، تربوز کھا رہے ہیں۔

محمود :- کبڈی ہو رہی ہے۔

نانی :- ہاں کبڈی ہو رہی ہے۔ ریتے میں لوٹ رہے ہیں۔ صبح نہائے ہوئے مزے مزے گھر آ گئے۔ بیٹیا گرمی کا کیا

کہنا۔ سبحان اللہ۔ بی گرمی کا حال تھا کہ تعریفیں سنتی جاتی تھیں اور نہال ہوتی جاتی تھیں۔ جب بڑی بی تعریفیں کرتے کرتے تھک کر چپ ہو گئیں تو بی گرمی نے چپکے سے نکال کر ایک ہزار اشرفی کی تھیلی ان کے ہاتھ میں دی اور کہا کہ نانی جان خدا تمہارا بھلا کرے۔ تم نے آج میری لاج رکھ لی۔ ورنہ بڑے بھائی صاحب مارے طعنوں کے مجھے جینے بھی نہ دیتے۔ میں ہر سال آیا کرتی ہوں۔ جب آؤں جو لینا ہو، مجھ سے بے کھٹکے لے لیا کیجئے۔ بھلا آپ جیسے چاہنے والے مجھے ملتے کہاں ہیں؟

بی گرمی ذرا ہٹی تھیں کہ برسات خانم چھم چھم کرتی آ پہنچیں۔ سانولا نمکین چہرہ، چمکدار روشن آنکھیں، بھورے بال، ان میں سے پانی کی باریک باریک بوندیں اس طرح ٹپک رہی تھیں جیسے موتی۔ ہاتھوں میں دھانی چوڑیاں جسم پر بادلہ ٹنکا ہوا۔ آبی رنگ کا باریک دوپٹہ۔ غرض ان کے آتے ہی برکھا رت چھا گئی۔ انہوں نے بڑھ کر کہا "اماں جان سلام" بڑی بی نے کہا "بیٹی جیتی رہو۔ پیٹ ٹھنڈا رہے۔ ہو نہ ہو تم بی گرمی کی بہن برسات خانم ہو"۔ بی برسات نے کہا۔ "جی ہاں میں بھی پوچھنے آئی ہوں کہ میں کیسی ہوں؟

بڑی بی نے کہا "بی برسات تمہارا کیا کہنا ہے۔ تم نہ ہو تو لوگ جیئیں کیسے۔ مینہہ چھم چھم برس رہا ہے۔ باغوں میں گھم گرے رہے ہیں۔ جھولے پڑے ہیں۔ عورتیں ہیں کہ ہاتھوں میں مہندی رچی ہے۔ سُرخ سرخ جوڑے دھانی چوڑیاں پہنے جھول رہی ہیں۔ کچھ جھول رہی ہیں کچھ جھلا رہی ہیں۔ ملار گائے جا رہے ہیں۔ ایک طرف کڑھائی چڑھی ہے۔ دوسری طرف بڑے پراٹھے پک رہے ہیں۔ مرد ہیں کہ تیراکی کا میلہ دیکھنے گئے ہیں۔ لوگوں کے جمگھٹ ہیں۔ دریا چڑھے ہوئے ہیں۔ کوئی کسی طرح تیر رہا ہے۔ کوئی کسی طرح۔ اودی اودی گھٹائیں آئی ہوئی ہیں۔ پھوار پڑ رہی ہے۔ نوروز ہو رہے ہیں۔ تالابوں میں آم پڑے ہیں۔ آم کھا رہے ہیں۔ گٹھلیاں چل رہی ہیں۔ برسات، بھئی برسات کیا کہنا۔ سبحان اللہ۔

بی برسات نے بھی ایک ہزار کی تھیلی بڑی بی کے نذر کی۔ اور رخصت ہوئیں۔ شام ہو چلی تھی۔ بڑی بی تھیلیاں سمیٹ سماٹ، خوشی خوشی گھر آ گئیں۔ ان کی بہو نے دیکھا کہ بستر ا بغل میں دبائے چلی آ رہی ہے۔ آگ بگولا ہو گئی کہنے لگی۔ بڑھیا تو میرے گھر میں کیوں گھسی۔ کیا اپنا کفن لے کر آئی ہے۔ اب نکلتی ہے

یا دھکے دے کر نکالوں۔ بڑھیا نے کہا " بیٹا خفا کیوں ہوتی ہے؟ میں خالی ہاتھ تھوڑی آئی ہوں۔ تین ہزار اشرفی لائی ہوں۔ نکالتی ہے نکال دے میں اپنا الگ گھر لے کر رہ جاؤں گی"۔ بہو نے جو پوٹلی دیکھی اور تین ہزار اشرفی کا نام سُنا تو منہ میں پانی بھر آیا کہنے لگی " اماں جان کیا سچ مچ تین ہزار اشرفی لائی ہو۔ میں بھی دیکھوں۔ تم صبح سے کہاں چلی گئی تھیں۔ آپ کا انتظار کرتے کرتے خدا جھوٹ نہ بلوائے۔ میں نے تو تین بجے کھانا کھایا ہے۔ وہ بھی آپ ہی کو ڈھونڈنے گئے ہیں۔

اتنے میں بیٹے صاحب بھی آ گئے وہ کچھ کہنا ہی چاہتے تھے کہ بیوی نے آنکھ دے کر منع کر دیا۔ اب کیا تھا تھیلیاں کھولی گئیں۔ کئی کئی دفعہ اشرفیاں گنی گئیں۔ دو سَو تو نکال لیں۔ باقی گڑھا کھود کر دبا دیں۔ ان پر بہو بیٹے نے اپنا بستر اکر دیا۔ رات ہی کو نانبائی کے ہاں سے اچھے سے اچھا کھانا آیا۔ حلوائی کے یہاں سے اچھی اچھی مٹھائی آئی۔ سب نے مزے مزے سے کھائی۔ صبح ہوئی تو بیٹے صاحب جا اپنے اور اپنی بیوی کے لئے اچھے سے اچھے تھان لائے۔ کپڑے بننے شروع ہوئے۔ بڑی بی کے پاجاموں کے لئے آٹھ آنے گز والی چھینٹ، انگیا، کرتی کے لئے

چار آنے گز والی ململ، لال نری کی گول پنجے کی جوتی۔ سر میں ڈالنے کا دھوئی تلی کا تیل، کانوں کے لئے ملمع کی چار چار بالیاں، ہاتھوں کے لئے ڈیڑھ ماشے کے دو چھلے۔ غرض بہت کچھ آیا۔ بہو اور بیٹا خوش تھے کہ بڑھیا قارون کا خزانہ لے آئی۔ بڑھیا خوش تھی کہ بیٹے نے ماں تو سمجھا۔ چلو سب ہنسی خوشی رہنے لگے۔ بی ہمسائی نے جو یہ چہل پہل دیکھی تو اُس سے نہ رہا گیا۔ ایک دن پوچھا۔ "دلہن ایک بات پوچھوں برا تو نہ مانو گی"۔ بڑھیا کی بہو نے کہا۔ "ہاں بہن شوق سے پوچھو برا ماننے کی کون بات ہے"۔ بی ہمسائی نے کہا۔ "آخر ہم سے بھی کہو کہ یہ تمہاری ساس کہاں سے روپیہ مار لائیں۔ کہیں سے خزانہ لائی ہوں۔ زمانہ برا ہے۔ اگر چوری کا روپیہ نکلا تو بڑھیا کے ساتھ کہیں تم بھی لپیٹ میں نہ آجاؤ۔ حق ہمسایہ ماں کا جایا۔ ہم کہے دیتے ہیں۔ آگے تم جانو۔ اور تمہارا کام جانے"۔ بڑھیا کی بہو نے کہا۔ نا بہن کہیں یہ بڑھیا چوری کے قابل رہی ہے۔ اس کو تو یہ روپیہ جاڑے، گرمی، برسات نے دیا ہے"۔ ہمسائی نے ناک پر انگلی رکھ کر کہا" اوئی بوا اپنے ہوش کی دوا کرو۔ بھلا جاڑا، گرمی، برسات کہیں روپیہ بانٹتے پھرتے ہیں۔ مجھے تم نے کوئی دیوانہ

سمجھا۔ جو ایسی اُڑن گھائیاں بتاتی ہو۔ بتاتی ہو بتاؤ نہیں بتاتی ہو نہ بتاؤ۔ ہمارا کام سمجھانے کا تھا سمجھا دیا۔" بڑھیا کی بہو ڈری کہ بی ہمسایہ اِدھر اُدھر کی کچھ نہ لگاتی پھریں ساس پر جو کچھ گزری تھی پوری پوری سنا دی۔ بی ہمسائی سنتی رہیں اور ہنستی رہیں سب کچھ سنا اور کھڑکی بند کر کے اپنے میاں کے پاس پہنچی اور ان کو سارا قصہ سنا دیا۔

بیٹے صاحب نے جو سنا تو کہا لاؤ ہم بھی لگے ہاتھوں اپنی بڑھیا کے ذریعہ سے روپیہ سمیٹ لیں۔ ان کی تھی ایک اماں، وہ بڑھیا کیا تھی آفت کی پُڑیا تھی۔ گھر بھر کا ناک میں دم کر رکھا تھا۔ ذرا بگڑی اور بہو کی سات پشت کو تو م ڈالا۔ بہو کو آج موقعہ ملا۔ میاں کو سمجھا بجھا کر بڑھیا کی خوب کُندی کرائی اور ڈنڈا ڈولی کو جنگل میں اسی بڑ کے نیچے ڈال آئے۔ بڑھیا نے چیخ چیخ کر سارا جنگل سر پر اٹھا لیا۔ خدا کا کرنا تھا کہ جاڑا، گرمی، برسات اُسی دن پھر ملے۔ ایک نے دوسرے سے پوچھا۔ کہو بھئی بڑھیا نے کیا تصفیہ کیا۔ جاڑے نے کہا مجھے اچھا بتایا۔ برسات نے کہا مجھے اچھا بتایا۔ گرمی نے کہا مجھے اچھا بتایا۔ جاڑے نے کہا بھئی وہ بڑھیا کیا تھی آفت کی

پڑ یا تھی۔ یہ نہیں بتایا کہ تینوں میں کون اچھا ہے۔ سب ہی کی تعریفیں کرکے مفت میں تین ہزار اشرفیاں مارلیں۔ غرض تینوں چلے بھُنے اس بڑھیا کی طرف آئے۔ دیکھا کہ ایک بڑھیا بیٹھی رو رہی ہے۔ پہلے میاں جاڑے پہنچے۔ ان کا آنا تھا کہ بڑھیا سردی سے تھر تھر کانپنے لگی۔

جاڑے نے کہا "بڑی بی سلام مزاج تو اچھا ہے"؟

بڑھیا بولی "چل بُڈھے پرے ہٹ۔ بڑی بی ہو گی تیری ماں۔ اب جاتا ہے یا نہیں۔ خود تو روئی کا بنولہ بن کر آیا ہے۔ اور اس جاڑے میں غریبوں کا مزاج پوچھتا ہے۔ چل سامنے سے ہٹ دھوپ چھوڑ۔" میاں جاڑے نے کہا "بڑی بی میں جاڑا ہوں۔ سچ بتانا میں کیسا ہوں"؟

بڑی بی نے کہا کہ آپ اس بڑھاپے میں بھی اپنی تعریف چاہتے ہیں۔ تو اپنی تعریف سنو۔ آپ آئے اس کو فالج ہوا۔ اس کو لقوہ ہوا۔ ہاتھ پاؤں پھٹے جا رہے ہیں۔ ناک سُڑ سُڑ بہہ رہی ہے۔ دانت ہیں کہ کڑ کڑ بج رہے ہیں۔ کپڑے اِدھر پہنے کہ ادھر میلے ہو لیے۔ رضائی ہے کہ لٹکی پڑتی ہے۔ لحاف ذرا کھلا اور ہوا سر سے گھسی۔ بچھونے ہیں کہ برف ہو رہے

ہیں۔ کھانا اِدھر آیا ادھر جما۔ اور جو خدا نخواستہ کہیں پھاوٹ برس کراولے پڑ گئے تو غضب ہو گیا۔ سِی سِی کر رہے ہیں۔ بتّیسی بج رہی ہے۔ ناک معلوم ہوتا ہے کہ منہ پہ ہے ہی نہیں۔ انگلیاں ہیں کہ ٹیڑھی ہوئی جاتی ہیں۔ آنکھوں سے پانی بہا جا رہا ہے۔ نہ کام ہو سکتا ہے نہ کاج۔ آخر کہاں تک کوئی آگ تاپے اور دھوپ سینکے۔ توبہ توبہ آگ کی بھی تو گرمی جاتی رہتی ہے۔ لیجئے اپنی تعریف سنی یا اور کچھ سناؤں۔"

جاڑا پہلے کا جلا ہوا تھا ہی اب جو بڑھیا کی جلی کٹی باتیں سنیں تو اور جل کر کوئلہ ہو گیا۔ اپنی ٹھوڑی پکڑ کر ڈاڑھی کی جو ہوا دی تو بڑھیا کو لقوہ ہو گیا۔ چلتے چلتے دو تین ٹھوکریں بھی رسید کر دیں۔ ذرا فاصلے پر بی گرمی اور بی برسات کھڑی تھیں۔ ان سے کہا لو جاؤ بڑھیا سے اپنا تصفیہ کرالاؤ ہم تو ہار گئے۔

بی گرمی خوشی خوشی بڑھیا کے پاس آئیں اور کہا "نانی اماں سلام" بڑھیا نے کہا "چل دور ہو نگوڑی میں تیری نانی کیوں ہونے لگی آج مجھے نانی بنایا ہے کل کسی کو خصم بنا لے گی۔ اے ہے تو ایسی جوان جہان اور یوں جنگل جنگل

پھر رہی ہے۔ آوارہ ہو گئی ہو گی۔ جو ماں باپ نے گھر سے نکال دیا اور نکالا بھی ایک کپڑے سے۔ اچھا ہوا تم جیسے دلدروں کے ساتھ ایسی ہی کرنی چاہیے۔"

بی گرمی نے کہا۔" نانی اماں میں ہوں گرمی" تم سے یہ پوچھنے آئی ہوں کہ گرمی کیسی ہے"؟

یہ سننا تھا کہ بڑھیا کے تو آگ ہی لگ گئی کہنے لگی" اوہو چونی کہے مجھے بھی گھی سے کھاؤ۔ ابھی تمہارے بھائی صاحب اپنی تعریفیں سن گئے ہیں۔ لو تم بھی سن جاؤ گرمی۔ گرمی کا کیا کہنا سبحان اللہ واہ واہ! پسینہ بہہ رہا ہے کپڑوں سے بو آرہی ہے صبح کو کپڑے بدلے شام تک چکٹ ہو گئے۔ کھانا کھایا کسی طرح ہضم نہیں ہوتا سینے پر رکھا ہے۔ صبح ہوئی اور لو چلنے لگی۔ اس کو لو لگی اس کو لو لگی اس کو ہیضہ ہوا۔ منہ جھلسا جاتا ہے۔ ہونٹوں پر پپڑی جمی ہوئی ہے۔ پانی پیتے پیتے جی بے زار ہوا جاتا ہے۔ پانی کیا ہے تہترے کا پانی ہے۔ سینے پر اونٹ رہا ہے۔ زمین آسمان تپ رہا ہے۔ دن بھر آگ برستی ہے۔ نیند آرہی ہے لیکن نہ اس کروٹ چین آتا ہے نہ اس کروٹ۔ پنکھا ہے کہ ہاتھ سے نہیں چھوٹتا۔ ذرا ہاتھ رکا اور دم گھٹنے لگا۔ ذرا خدا خدا

کر کے نیند آئی اور کھٹمل نے چٹکی لی۔ آنکھ کھل گئی پھر وہی مصیبت ہاں بیگم صاحب کیوں نہ ہو گرمی ہو، تمہاری جتنی تعریف کی جائے کم ہے۔ چل دور ہو میرے سامنے سے نہیں تو ایسی بے نقطہ سناؤں گی کہ تمام عمر یاد رکھے گی۔

بی گرمی تو آگ بگولا ہو گئیں کہا "ٹھہر بڑھیا تجھے اِس بدزبانی کا کیسا مزہ چکھاتی ہوں۔ مجھے تو کیا سمجھتی ہے۔" یہ کہہ کر جو پھونک ماری تو ایسا معلوم ہوا کہ لُو لگ گئی۔ بڑھیا تو ہائے گرمی ہائے گرمی کرتی رہی بی گرمی پیٹ پر ایک دو ہتھڑ مار کر چلتی بنیں۔

جب اِن کو بھی روکھی صورت بنائے آتے دیکھا تو بی برسات دل میں بہت خوش ہوئیں کہ چلو پالا مار لیا۔ بڑی مٹکتی ٹھٹکتی بڑھیا کے پاس گئیں اور کہا، نانی جان سلام" بڑی بی نے کہا بابا مارلو، مارلو پھر مزاج پوچھنا۔ وہ تو دل کی بھڑاس نکال چکے تم کیوں لگی لپٹی رکھتی ہو۔ بے وارث سمجھ لیا ہے جو آتا ہے مار جاتا ہے"۔

بی برسات نے کہا "ہیں نانی جان خدا نہ کرے میں کیوں مارنے لگی۔ وہ تو دونوں موئے ایسے ہی ہیں۔ خواہ مخواہ میٹھے

بٹھائے۔ بیچاری بڑی بی کو مار مار کر بلیتھن نکال دیا۔ نانی جان آپ بے خوف رہئے۔ میں ایسا بدلہ لوں گی کہ وہ دونوں بھی تمام عمر یاد کریں گے۔ یہ سن کر بڑھیا کے حواس ذرا درست ہوئے۔ آنکھ اٹھا کر کیا دیکھتی ہے کہ ایک جوان لڑکی نہائی دھوئی آبِ رواں کا دوپٹہ اوڑھے سامنے کھڑی ہے کہنے لگی "لڑکی کیا دیوانی ہے جو اس طرح گیلے بالوں سے شام کے وقت جنگل میں آئی ہے۔ اور تیرا کوئی وارث بھی ہے یا نہیں جو اس طرح اکیلی ماری ماری پھرتی ہے؟ جا اپنے گھر جا کر بیٹھ کیوں باپ دادا کا نام بدنام کرتی ہے۔ اور ہیں، تو تو بالکل ننگی ہے۔ جا جا دور ہو۔ میں تجھ جیسی لچی لفندریوں سے بات بھی کرنا نہیں چاہتی"۔

بی برسات نے کہا "نانی جان خفا کیوں ہوتی ہو۔ میں برسات ہوں۔ اچھا یہ تو بتاؤ کہ برسات کیسی"؟

بڑھیا نے کہا "برسات گو، در گو مرغی کا گو۔ اے ہے برسات سے خدا بچائے۔۔ بجلی چمک رہی ہے۔ بادل گرج رہے ہیں۔ کلیجہ دہلا جاتا ہے۔ دھما دھم کی آوازیں آرہی ہیں۔ یہ مکان پھٹا وہ پاکھا گرا۔ جو مکان گرنے سے بچ گیا

اس میں یہاں ٹپکا لگتا وہاں ٹپکا لگتا۔ کبھی اِدھر کے بچھونے اُدھر بچھ رہے ہیں کبھی اِدھر کا پلنگ اُدھر آرہا ہے باہر نکلنا مشکل ہے۔ ذرا پاؤں باہر رکھا اور چھینٹے سر سے اوپر آ گئے سواری پاس سے نکل گئی تو سب کپڑے چھینٹم چھینٹ ہو گئے۔ ذرا تیز چلے اور جوتیاں کیچڑ میں پھنس کر رہ گئیں۔ ہوا بند ہے۔ اُمس ہو رہی ہے۔ کپڑے ہیں کہ چمٹے جا رہے ہیں۔ رات کو مچھر ہیں کہ ستائے جا رہے ہیں۔ کھٹمل ہیں کہ کاٹے جا رہے ہیں۔ نہ رات کو نیند۔ نہ دن کو چین اور پھر اس پر بھی یہ سوال کہ نانی جان میں کیسی ہوں؟ نانی جان سے تعریف سن لی اب تو دل ٹھنڈا ہوا۔ "اے ہے یہ بے موسم کی گرج کیسی۔ خدا خیر کرے"۔ بڑھیا یہ کہہ ہی رہی تھی کہ بی برسات کی نگاہ بجلی بن کر گری اور بڑی بی کے پاؤں کو چاٹتی ہوئی نکل گئی۔ ادھر بی برسات بڑھیا کو لنگڑا کر منہ پہ تھوک رخصت ہوئیں ادھر ان کی بہو اور بیٹا اشرفیوں کی تھیلی لینے کے شوق میں بڑ کے نیچے پہنچے۔ کیا دیکھتے ہیں کہ بڑی بی ہٹی کٹی لہو لہو پڑی ہیں۔ بڑی مشکل سے لاد لود کر گھر لائے خوب ہلدی چونا تھپا مرہم پٹی کی۔ جب کہیں جا کر دس بارہ دن میں بڑھیا

اس قابل ہوئی کہ اپنی کہانی بیان کرے۔ بہو اور بیٹے نے جو سنا کہ بڑھیا نے جاڑے گرمی اور برسات کو برا بھلا کہہ کر اور اشرفیاں کھو کر جوتیاں کھائیں تو ان دونوں نے اس کو خوب مارا اور گھر سے نکال دیا۔ اب بے چاری سڑک کے کنارے بیٹھی بھیک مانگا کرتی ہے۔ مگر ایسی نک چڑھی کو کوئی بھیک بھی نہیں دیتا۔ بیٹا بات یہ ہے کہ اللہ شکر خورے کو شکر ہی دیتا ہے۔ جو لوگ خوش مزاج ہوتے ہیں وہ ہر حال میں خوش رہتے ہیں اور موئے روتی صورت تو ہمیشہ جوتیاں کھاتے ہیں۔

(مرزا فرحت اللہ بیگ)

۲۔ قِصّہ شکُنتلا ناٹک

کہتے ہیں ہستنا پور میں ایک راجہ رہتا تھا۔ اس کا نام دشنیت تھا۔ اُسے سیر و شکار کا بہت شوق تھا۔ ایک دن راجہ رتھ پر سوار شکار کو نکلا ایک ہرن سامنے سے آتا دکھائی دیا۔ رتھ ہرن کے پیچھے ڈال دیا گیا۔ راجہ کے رتھ کے گھوڑے بہت تیز تھے۔ جب دوڑتے تھے تو گویا ہوا سے باتیں کرتے تھے مگر زمین کی اونچ نیچ کی وجہ سے ہرن کو نہ پا سکے اور ہرن بہت دور نکل گیا۔ تھوڑی دیر میں سپاٹ زمین آگئی۔ اب تو گھوڑوں نے خوب میدان دکھایا اور رتھ ہرن کے قریب پہنچ گیا۔ راجہ نے کمان سنبھالی چلّہ چڑھا کر تیر چھوڑا ہی چاہتا تھا کہ کہیں سے آواز آئی۔

"مہاراج! یہ آشرم کا ہرن ہے" رتھ بان نے اِدھر اُدھر دیکھا تو پتہ چلا کہ ہرن اور تیر کے بیچ میں سادھو آگئے ہیں راجہ نے فوراً رتھ رُکوایا۔ تھوڑی دیر میں وہ سادھو' راجہ

کے پاس پہنچ گئے اور عرض کرنے لگے کہ "مہاراج! کہاں ان ہرنوں کی ننھی ننھی جانیں اور کہاں تمہارا تیر، یہ معصوموں کی جان لینے کے لئے نہیں ہے بلکہ ان کی جان بچانے کے لئے ہے۔" سادھو کی یہ بات راجہ کے دل کو لگی اور اُس نے کمان سے چلّہ اُتار لیا۔ سادھو نے خوش ہو کر دعا دی کہ "بھگوان تجھے ایسا لڑکا دے جو راجاؤں کا راجہ ہو۔" اس کے بعد سادھوؤں نے کہا کہ "مہاراج! یہ قریب ہی جو مالنی ندی دکھائی دے رہی ہے اس کے کنارے ہمارے گرو کنو رشی کا آشرم ہے۔ اگر آپ وہاں چلنے کی تکلیف کیجئے اور ہمارے مہمان بنئے تو آپ کی بڑی مہربانی ہوگی اور آپ یہ بھی دیکھ سکیں گے کہ آپ کے مبارک راج میں سادھو کس اطمینان اور بے فکری سے پوجا پاٹھ کرتے ہیں۔"

راجہ کے پوچھنے پر سادھوؤں نے بتایا کہ کنو رشی تو سوم تیرتھ کی یاترا کے لئے گئے ہوئے ہیں مگر اپنی لڑکی شکنتلا کو جتا گئے ہیں کہ جو مہمان آئیں جائیں اُن کی آؤ بھگت کرنا راجہ نے کہا خیر میں چلتا ہوں، شکنتلا ہی سے مل لوں گا۔ وہ میرا سلام اپنے بابا تک پہنچا دے گی۔ اب راجا کا رتھ آشرم

کی طرف روانہ ہوا۔ تھوڑی دور چلے تھے کہ تپ بن آگیا۔ راجہ نے کہا اچھا اب رتھ کو روک لو کہیں آشرم والوں کے دھیان گیان میں خلل نہ پڑے۔

راجہ رتھ سے اُتر پڑا اور یہ سوچ کر کہ آشرم سادھوؤں کی جگہ ہے یہاں سادے لباس میں جانا چاہیے۔ تیر کمان اور جواہرات وغیرہ رتھ بان کے پاس رکھ دیئے اور یہ کہہ گیا کہ میں ابھی آشرم سے واپس آتا ہوں جب تک تم گھوڑے کھول کر ذرا دم لے لو۔

راجہ آشرم کے دروازے کی طرف آیا تو اُس کی داہنی باہنہ پھڑکنے لگی۔ داہنی باہنہ کا پھڑکنا کسی کامیابی کا شگون سمجھا جاتا تھا۔ راجہ نے سوچا کہ یہ آشرم عبادت کی جگہ ہے یہاں اس کی کیا تعبیر ہو سکتی ہے۔ پھر آپ ہی اپنے من میں کہنے لگا "یہ نہ کہو قسمت کے دروازے ہر جگہ کھل سکتے ہیں"۔ اسی سوچ بچار میں وہ آگے دو چار قدم بڑھا ہی تھا کہ اُسے آشرم کی کنواریوں کی بات چیت کی آوازیں سُنائی دینے لگیں۔ راجہ آنکھ بچا کر ایک پیڑ کے پیچھے دبک گیا اور کنواریوں کی آپس کی چہلیں دیکھنے لگا۔ یہ کنواریاں پیڑوں کو پانی

دے رہی تھیں۔ اِن میں ایک کنو رشی کی بیٹی شکنتلا اور دو اس کی سہیلیاں پریموداا اور انسو یا تھیں۔ ان کا آپس میں بہت پریم تھا۔ شکنتلا پر تو یہ دونوں پروانے کی طرح جان دیتی تھیں۔ یوں تو سبھی لڑکیاں سندر تھیں مگر سب میں شکنتلا کا روپ ایسا تھا جیسے چودھویں کا چاند۔ راجہ نے کبھی یہ حُسن راج محل میں بھی نہ دیکھا تھا۔ وہ حیرت سے ٹکٹکی باندھ شکنتلا کو دیکھ رہا تھا اور جی ہی جی میں کہتا تھا کہ کیا اس پری سے میرا بیاہ ہو سکتا ہے؟ کبھی دل کو مایوسی ہوتی تھی اور کبھی اس خیال سے امید بندھتی تھی کہ بیٹی تو آخر بیاہنے کے لئے ہی ہوتی ہے کیا عجب کہ میری ہی قسمت میں یہ لکھی ہو۔

شکنتلا کو کنو رشی کی تاکید تھی کہ پیڑوں کی اچھی طرح دیکھ بھال کرنا۔ اس کے سوا شکنتلا کو خود بھی پیڑوں سے بہت محبت تھی اُس نے پیڑوں اور جانوروں سے اپنے رشتے ناتے قائم کر رکھے تھے۔ آشرم کے آم کے ایک پیڑ پر چنبیلی کی بیل چڑھ رہی تھی۔ شکنتلا نے اس کا نام بن جوت"

رکھا تھا اور اس سے بہتا پاکر لیا تھا۔ ہرن کے ایک بچے کو دودھ پلا پلا کر پالا تھا اور اسے اپنا بیٹا بنایا تھا۔ اچھا تو یہ کنواریاں پیڑوں میں پانی دے رہی تھیں۔ شکنتلا نے اپنی بہن "بن جوت" کو پانی دیا تو پانی کے چھینٹوں سے ایک بھونرا اُڑ کر شکنتلا کی طرف جھپٹا۔ شکنتلا سہم سی گئی اور اپنی سہیلیوں کو مدد کے لئے پکارا۔ سہیلیوں کو مذاق ہاتھ آیا۔ کہنے لگیں کہ تم جانو بھونرا جانے، ہم بیچ میں دخل دینے والی کون، ہاں البتہ دشینیت کی دوہائی دو تپ بن کا رکھوالا تو راجہ ہوتا ہے۔

شکنتلا بہت پریشان ہوئی۔ جدھر جدھر وہ جاتی تھی اُدھر اُدھر وہ بھونرا بھی جاتا تھا۔ آخر ذرا دور ہٹ گئی مگر وہاں بھی بھونرے نے پیچھا نہ چھوڑا تو کہنے لگی یہ کل موہا تو کہیں چین لینے نہیں دیتا۔ بھگوان میں کیا کروں۔ راجہ جھاڑیوں کی اوٹ سے سب حال دیکھ رہا تھا وہ تو یوں ہی بے چین ہو رہا تھا اب جو موقع ملا تو جھٹ یہ کہتا ہوا نکل آیا کہ آشرم کی بھولی بھالی کماریوں سے کون چھیڑ خانی کر رہا ہے۔ شکنتلا کی سہیلی انسویا کہنے لگی کہ صاحب کس کا دیدہ ہے کہ یہاں

آکر چھیڑ چھاڑ کرے۔ ہماری ہیلی کو ایک بھونرے نے اتنا دق کیا کہ وہ بیچاری تنگ آ گئی۔

خیر بات آئی گئی ہوئی۔ اب انسویا نے چاہا کہ پھل پھول سے راجہ کی خاطر تواضع کی جائے مگر راجہ نے یہ کہہ کر منع کر دیا کہ آپ کے میٹھے بول ہی سب سے بڑی خاطر ہیں۔ اس کی تکلیف نہ کیجئے۔ پریمودا نے کہا تو پھر مہاراج کم سے کم پیڑ کی چھاؤں میں بیٹھ کر پسینہ ہی سکھا لیجئے۔ راجہ اور تینوں کنواریاں چٹانوں پر بیٹھ گئے اور باتیں ہونے لگیں۔ راجہ بھی خوش رو، جوان تھا۔ شکنتلا دیکھتے ہی سو جان سے فدا ہو گئی مگر لڑکی کی حیا کسی بات کو کھلنے نہیں دیتی۔ کسی پر یہ بھید کھلنے نہ پایا کہ شکنتلا بھی راجہ دشنیت کی محبت میں مبتلا ہو گئی ہے۔ اب کنواریوں کو یہ فکر ہوئی کہ اس اجنبی کا حال احوال معلوم کرنا چاہیئے۔ آخر یہ پردیسی ہے کون؟ انسویا نے ہمت کر کے کہا کہ آپ برا نہ مانیں تو میں پوچھوں کہ آپ کون ہیں، آپ کا دیس کہاں ہے اور آپ اس تپ بن میں کس لئے آئے ہیں۔

راجہ نے سوچا کہ ابھی بھید بتانا ٹھیک نہیں۔ کہنے لگا کہ

"راجہ دشینت نے مجھے دھرم کاج کی رکھوالی کا کام دیا ہے۔ اس آشرم تک میں یہ دیکھنے آیا ہوں کہ پوجا پاٹ میں کوئی رکاوٹ تو نہیں ہے۔" پھر وہ کہنے لگا کہ "میں نے تو اپنا پورا حال بتا دیا اچھا اب میں آپ کی سہیلی کے بارے میں پوچھ سکتا ہوں کہ یہ کنو رشی کی بیٹی کیسے ہوئیں۔ مشہور تو یہ ہے کہ کنو رشی سدا کنوارے ہیں۔

انسویا نے کہا "جی ہاں، گرو جی سدا کنوارے ہیں یہ اصل میں کوشک گھرانے کے ایک مہارشی وشوامتر کی بیٹی ہیں۔ ان کی ماں مینکا رانی پری ہے۔ انھیں گرو جی نے جنگل میں پڑا پایا تھا۔ وہ انھیں اٹھا لائے۔ اب یہ گرو جی کی منہ بولی بیٹی ہیں۔ راجہ نے کہا "اچھا تو یہ پری زاد ہیں۔ بے شک ایسا حسن انسانوں میں نہیں ہوتا؛ چمکتی ہوئی بجلی زمین سے کیوں کر نکل سکتی ہے۔" اِدھر یہ باتیں ہو رہی تھیں اُدھر راجہ کے آدمی اُس کی تلاش میں سارے تپ بن کی خاک چھان رہے تھے۔ راجہ کا ایک مست ہاتھی آشرم کے قریب آ گیا اور سب جگہ ہل چل پڑ گئی تو راجہ کو پتہ چلا کہ شاہی لاؤ لشکر اس کی تلاش میں جنگل چھان رہا ہے۔ راجہ نے کنواریوں کو رخصت کیا

اور خود اپنے آدمیوں کی طرف روانہ ہوا۔

امیروں کے ساتھ دل بہلانے کے لئے مسخرے بھی ہوتے ہیں۔ راجہ دشینیت کے ساتھ ایک مسخرا مادھو تھا۔ راجہ جب آشرم سے لوٹا تو اُس نے ساری آپ بیتی مادھو کو سنائی۔ مادھو اس سلسلے میں راجہ سے چھیڑ چھاڑ ہی کر رہا تھا کہ آشرم سے دو سادھو آئے اور راجہ سے عرض کی کہ مہاراج، ہمارے گرو کنو رشی تیرتھ گئے ہوئے ہیں۔ اُن کے نہ ہونے کی وجہ سے راکششوں نے بہت سر اٹھایا ہے اور ہمارے پوجا پاٹھ میں گڑبڑ مچاتے ہیں۔ اگر آپ ہمارے آشرم میں آئیں تو یہ بلا ٹل جائے۔

راجہ نے اِن سے آشرم آنے کا وعدہ کیا وہ خوشی خوشی اپنے استھان کو لوٹے۔ اسی بیچ میں راجہ کی ماں کے پاس سے ایک ہلکارہ آیا اور کہا کہ راج ماتا نے مہاراج کو بلایا ہے کیونکہ آج سے چوتھے دن ایک کاج ہونے والا ہے جس میں مہاراج کا شریک ہونا ضروری ہے۔ اب تو راجہ دُبدھا میں پڑ گیا کہ کیا کروں کیا نہ کروں، اُدھر ماتا کا حکم اِدھر آشرم کا خیال۔ آخر کچھ سوچ کر مادھو سے کہنے لگا کہ مادھو تم میری جگہ راج ماتا کے پاس چلے جاؤ اور ان سے بتا دینا کہ یہاں آشرم کی حفاظت

کے لئے میرا ٹھہرنا ضروری تھا اس لئے اپنی جگہ میں نے تم کو بھیجا ہے۔ ساتھ ہی راجہ کے دل میں یہ کھٹکا پیدا ہوا کہ کہیں وہاں جا کر یہ مسخرا میرا بھانڈا نہ پھوڑ دے۔ اسے پیچ دے کر راجہ کہنے لگا " اے یار مادھو، ہم نے سادھو کی لڑکی سے محبت کی کہانی تم سے مذاق میں کہی تھی، کہیں تم اسے سچ نہ سمجھ بیٹھنا۔ بھلا کہاں ایک راجہ اور کہاں ایک سادھو کی گنوار لڑکی۔ یہ تو ہنسی مذاق کی باتیں تھیں"۔ مسخرے نے کہا " حضور جو کہتے ہیں یہی سچ ہوگا۔ اب میں نے یہی یقین کر لیا" یہ کہہ کر مادھو لاؤ لشکر کے ساتھ راج دھانی کی طرف روانہ ہوا۔

راجہ سادھوؤں کے بلاوے پر آشرم کی طرف جا رہا تھا کہ راستہ میں معلوم ہوا کہ شکنتلا بیمار ہے۔ شکنتلا تپ بن کے ایک کنج میں لیٹی ہوئی تھی اور اُسے بخار چڑھا ہوا تھا، بخار کیا چڑھا ہوا تھا در اصل وہ راجہ کی محبت کے روگ میں بیمار تھی۔ راجہ بھی وہاں پہنچ گیا۔ راجہ، شکنتلا اور اس کی سہیلیوں میں اِدھر اُدھر کی باتیں ہونے لگیں یہاں تک کہ دونوں کے پریم کی باتیں کھلم کھلا ہونے لگیں اور کچھ دیر بعد سہیلیاں کسی نہ کسی بہانے سے ایک ایک کر کے ہٹ گئیں۔ راجہ اور

شکنتلا میں گاندھرو طریقے سے بیاہ ہو گیا۔ گاندھرو ریتی کا بیاہ اس بیاہ کو کہتے ہیں جس میں لڑکا لڑکی اپنے من سے بر ڈھونڈھتے ہیں اور آپس میں بیاہ کر لیتے ہیں۔ ان کے بیچ میں بیاہ کرانے والا کوئی نہیں ہوتا۔ ہاں تو شام ہو چلی تھی دور سے چیلوں نے چلّایا کہ مہاراج، شام کی پوجا کا وقت قریب ہے اور ادھر راکششوں نے ستانا شروع کر دیا ہے۔ راجہ نے کہا "جوگیو! گھبراؤ مت، میں آ گیا"۔

جب ایک دو دن میں پوجا پاٹ ختم ہو گئی تو چیلوں نے راجہ کو آشرم سے جانے کی اجازت دے دی۔ وہ بہت رنج اور افسوس کے ساتھ اپنی راج دھانی کو سدھارا۔ چلتے وقت اپنی انگوٹھی شکنتلا کو نشانی کے طور پر دے دی۔

اس بیچ میں قسمت کا پھیر کیا ہوا کہ شکنتلا اپنے راجہ کی یاد میں سب کو بھولی بیٹھی تھی۔ ایک رشی نے اس کے دروازے پر آواز دی۔ اُسے اپنی سُدھ تو تھی نہیں رشی کی آواز کیا سُنتی۔ مگر رشی بہت تن جلا تھا اُسے جلال آ گیا اور اُس نے بددُعا دے دی کہ "تو جس کی یاد میں ایسی گُم سُم ہے کہ

مہمانوں تک کا تجھے خیال نہیں۔ خدا کرے کہ وہ تجھے ایسا بھلا دے کہ یاد دلانے پر بھی یاد نہ آئے۔"

کہیں یہ سراپ پریودا اور انسویا نے بھی سن لیا اور پلٹ کر جو دیکھا تو یہ مشہور رشی درواسا تھے۔ دونوں سہیلیوں خوف سے کانپ گئیں اور کہنے لگیں کہ یہ مُوا تو آگ کا بھٹا ہے اِسے کسی نہ کسی طرح منانا چاہیئے ورنہ اپنی سکھی کا جیون تباہ ہو جائے گا۔ پریودا منت سماجت کرتی اُس کے پیچھے پیچھے بھاگی، بہت ہاتھ جوڑے، خوشامدیں کیں پر وہ رُکا تک نہیں۔ بس اتنا کہتا چلا گیا کہ میرا کہا پتھر کی لکیر ہے مگر نشانی کی انگوٹھی کو دیکھنے کے بعد سراپ کا اثر جاتا رہے گا۔ اس خیال سے کہ شکنتلا کا دل بہت نازک ہے اس رشی کے غصے اور سراپ کا حال اس سے سہیلیوں نے نہیں کہا۔

چند دنوں کے بعد گروجی سفر سے لوٹ آئے۔ انھیں آکاش بانی (آسمانی آواز) سے شکنتلا کے بیاہ کا حال معلوم ہو چکا تھا۔ بیٹی کو گلے سے لگایا اور اس بیاہ کو پسند کیا۔ پھر بیٹی کو وداع کرنے کی تیاری شروع کر دی، اپنی چیلی گوتمی اور دو چیلوں شارنگرو اور شاردوت کے ساتھ سُسرال

روانہ کر دیا۔

جب شکنتلا آشرم سے جدا ہوئی ہے تو آشرم باسیوں کو جو دکھ ہوا وہ بیان میں نہیں آ سکتا۔ شکنتلا آشرم کی جوگنوں، جانوروں، پیڑوں اور بیلوں سے ایک ایک کر کے ملی اور بہت حسرت کے ساتھ جدا ہوئی۔ رشی کنو بھی اپنی بیٹی کی جدائی میں بہت رنجیدہ تھے۔ یوں سمجھو کہ آشرم کی ہر چیز اُس کی جدائی کے غم میں ڈوبی ہوئی معلوم ہوتی تھی۔ رشی کنو نے اپنے چیلے شارنگرو سے کہا "جب تم راجہ کے پاس پہنچنا تو میرا یہ سندیسا اسے دینا کہ شکنتلا نے کسی کے دباؤ سے نہیں بلکہ اپنی خوشی سے تم سے محبت کی ہے۔ تمہارا فرض ہے کہ اُس سے دوسری رانیوں کا سا برتاؤ کرو۔ اس سے کم زیادہ ہونا نہ ہونا تقدیر کی بات ہے۔ لڑکی والوں کا اس بارے میں کچھ نہ کہنا ہی بہتر ہے"۔

پھر اس کے بعد رشی نے بیٹی کو رخصت کرتے ہوئے یہ نصیحت کی:۔

"بیٹی! جب پیہر پہنچو تو اپنے بڑوں کی خدمت سے کبھی مُنہ نہ موڑنا، اپنی سوتوں سے سہیلیوں کا سا برتاؤ کرنا،

پتی کبھی بُرا بھلا کہے تو پلٹ کر جواب نہ دینا، نوکروں سے اچھا سلوک رکھنا اور عیش و آرام میں پڑ کر مغرور نہ ہو جانا جب لڑکیاں یہ چلن چلتی ہیں تو شریف بیٹیاں کہلاتی ہیں اور جو دوسرا چلن چلتی ہیں تو اپنے خاندان کو کلنک کا ٹیکہ لگاتی ہیں۔"

آخر میں سکھیوں نے جُدا ہوتے ہوئے گلے مل کر کہا کہ سکھی اگر تمہارا راجہ تمہیں نہ پہچانے تو یہ انگوٹھی اسے دکھا دینا۔ یہ سُنتے ہی شکنتلا کا ماتھا ٹھنکا مگر سہیلیوں نے بات بنا دی اور شکنتلا رنج و غم میں ڈوبی ہوئی اپنی سُسرال کو روانہ ہوئی۔

سفر طے کر کے شکنتلا کا قافلہ ہستنا پور پہنچا۔ راجہ کو خبر دی گئی کہ کنو رشی کے چیلے اور چیلیاں کچھ سندیسہ لے کر آپ کے پاس آئے ہیں۔ راجہ کے پجاری اور دربان نے عزّت کے ساتھ انہیں راجہ کے پاس پہنچایا۔ راجہ نے ان کے رُتبے کے مطابق ان کی آؤ بھگت کی۔ شارنگرو نے راجہ کی اجازت پا کر گرو جی کا پیام پہنچایا کہ" آپ دونوں نے

اپنی رضا مندی سے پریم بیاہ کیا۔ اور میں نے اسے پسند کیا۔ کیونکہ ہماری نظر میں آپ نیکوں کے سرتاج ہیں اور شکنتلا مستیوں کی رانی ہے۔ اب دھرم ریت کے مطابق اس حاملہ کو قبول کیجئے۔"

راجہ رشی درواسا کی بد دعا کے اثر سے شکنتلا کو بھول چکا تھا وہ ہکا بکا رہ گیا اور کہنے لگا" لوگو! یہ کیا کہہ رہے ہو میں نے اس سے کب بیاہ کیا تھا۔ یہ تو مجھ پر بہتان ہے"۔ جب شکنتلا کے ساتھی اپنی اپنی کہہ چکے اور راجہ نے بیاہ کا اقرار نہیں کیا تو پھر گوتمی نے شکنتلا سے کہا" بیٹی! اب بے جا شرم و حیا کا موقع نہیں، گھونگھٹ الٹ دے شاید وہ تجھے دیکھ کر پہچان لے اور جو تیرے پاس ثبوت ہو وہ پیش کر " شکنتلا نے گھونگھٹ اُلٹ دیا مگر راجہ شکنتلا کو دیکھ کر بھی پہچان نہ سکا تو شکنتلا کے تن بدن میں آگ لگ گئی۔ وہ غصے سے بھر گئی اور اُس نے تپ بن میں ملاقات کا واقعہ یاد دلایا مگر راجہ کو پھر بھی وہ بات یاد نہ آئی۔ اس پر تو بد دعا کا اثر تھا اُسے کیونکر یاد آتی۔ اب تو شکنتلا نے جوش میں آ کر کہا" اچھا اگر میں آپ کی دی ہوئی انگوٹھی دکھا دوں

جب تو مانو گے"۔ راجہ نے کہا "انگوٹھی دکھاؤ گی تو بے شک مان جاؤں گا۔" اس نے ہاتھ دیکھا تو انگوٹھی غائب تھی۔ حیران ہو گئی کہ بھگوان یہ کیا ماجرا ہے۔ گوتمی نے کہا۔ "راستے میں تم نے گنگا جی میں اشنان کیا تھا شاید تمہاری مندری وہاں گر گئی ہو گی۔" راجہ نے بے اعتباری کی مسکراہٹ کے ساتھ کہا "بے کار باتیں نہ بناؤ۔ اس لڑکی کو میں بالکل نہیں جانتا۔ کیوں ایسا جال بچھا رہے ہو" شکنتلا یہ سن کر منہ ڈھانپ کے رونے لگی۔ شارنگ رو نے کہا "سن لو اپنے آپ کو بے لگام چھوڑ دینے سے ایک نہ ایک دن ایسا ہی جلنا پڑتا ہے۔ انسان جب تک ایک دوسرے کو اچھی طرح پرکھ نہ لے کسی سے دل نہ لگائے۔ بے سمجھے بوجھے پریم کا نتیجہ ایک دن مایوسی ہے۔"

اس کے بعد شارودت نے راجہ سے کہا" یہ تو اب آپ کی بیوی ہے۔ ہمیں اس سے مطلب نہیں کہ آپ اسے رکھتے ہیں یا چھوڑتے ہیں۔ میاں کو بیوی پر ہر طرح کا اختیار ہے۔" راجہ سے اتنا کہہ کر شارودت نے اپنے ساتھی شارنگ رو سے کہا "بھائی صاحب! ہم نے اپنے گرو جی کا کہنا

کر دیا۔ اب ہمیں واپس چلنا چاہیئے"۔

دونوں چیلے اور گوتمی شکنتلا کو چھوڑ کر چلنے لگے تو شکنتلا چیخ مار کر ان کے پیچھے دوڑی کہ مجھ بے کس کو کس کے سہارے چھوڑ چلے۔ شارنگرو نے جھڑک کر کہا "اری بدبخت! اگر راجہ جو کہتا ہے سچ ہے تو تو پاپی ہے۔ اور تیرے باپ کو اب تجھ پاپن سے کوئی تعلق نہیں۔ اگر تو سچی ہے تو پھر تیرا یہ دھرم ہے کہ پتی جس حال میں بھی رکھے اسی حال میں اس کے چرنوں میں پڑی رہ"۔ یہ حال دیکھ کر راجہ نے مجبوراً اپنے پجاری سے کہا "پنڈت جی، اب تمہیں اس گتھی کو سلجھاؤ۔ خدا جانے یہ عورت جھوٹی ہے یا میرا دماغ خراب ہو گیا ہے۔ میں تو بڑے دبدھا میں پڑ گیا"۔

پجاری نے کہا "مہاراج، میری صلاح تو یہ ہے کہ زچگی تک اس لڑکی کو میرے پاس رہنے دیجئے۔ جب بچہ پیدا ہو گا تو آپ ہی حال کھل جائے گا کیونکہ رشی منیوں نے بتایا ہے کہ آپ کے لڑکا پیدا ہو گا وہ بھاگوان ہو گا۔ ساری دنیا پر راج کرے گا۔ اگر اس کماری نے ایسے لڑکے کو جنم دیا جس میں بتائے ہوئے سب گن ہوں تو اسے اپنی

بیوی سمجھئے نہیں تو تب بن واپس بھیج دیجئے"۔ راجہ اس بات پر راضی ہو گیا اور شکنتلا پجاری کے ساتھ روتی دھوتی چلی گئی۔

مینکا پری اپنی بیٹی کا یہ حال دیکھ کر اُسے اٹھالے گئی۔ پجاری دوڑا دوڑا راجہ کے پاس گیا کہ "مہاراج آج تو ایک بڑے اچنبھے کی بات پیش آئی گویا جادو کا کھیل ہو گیا، جب کنیتا گرو کے چیلے چلے گئے تو لڑکی اپنا سر پیٹنے لگی۔ اسی وقت ایک عورت آسمان سے اُتری اور اسے گودی میں اُٹھا کر اپسرا تیرتھ کی طرف اُڑ گئی"۔ پجاری کی یہ بات سُن کر سب ہکے بکے رہ گئے مگر راجہ نے اپنے کو سنبھال کر کہا" پنڈت جی ہمیں تو پہلے ہی وہ منظور نہ تھی۔ آپ ناحق کیوں پریشان ہوتے ہیں۔ جائیے اپنا کام کیجئے"۔

راجہ نے کہنے کو تو یہ پنڈت سے کہہ دیا مگر اُس کا دل گواہی دیتا تھا کہ عورت سچی ہے۔ مجھے ہی کچھ ہو گیا ہے جو یاد نہیں آتا۔ اپنے جی میں کہتا تھا کہ جھوٹی عورت کے یہ انداز نہیں ہوتے۔ اس کی ہر بات سچی معلوم ہوتی ہے۔

جب اچھا وقت آتا ہے تو سب کام ٹھیک ہو جاتے ہیں۔ ایک دن کوتوال کے پاس دو پیادے ایک آدمی کو پکڑ کر لائے کہ اس نے کہیں سے یہ جڑاؤ انگوٹھی چرائی ہے۔ کوتوال کی پوچھ گچھ پر اس آدمی نے بتایا کہ "حضور میں ماہی گیر ہوں۔ گنگا میں میں نے ایک روہو مچھلی پکڑی تھی۔ جب اس کا پیٹ چیرا تو اس میں سے یہ انگوٹھی نکلی۔ میں سچ کہتا ہوں کہ میں نے یہ انگوٹھی چرائی نہیں ہے۔" کوتوال راجہ کا سالا تھا انگوٹھی لے کر راجہ کے پاس پہنچا اور ماہی گیر کا سارا قصہ سنایا۔ راجہ نے وہ انگوٹھی پہچان لی اور ماہی گیر کو انعام اکرام دے کر آزاد کر دیا۔

انگوٹھی کے دیکھنے سے رشی دارو سا کی بددعا کا اثر جاتا رہا اور راجہ کو شکنتلا سے بیاہ کرنا یاد آگیا۔ اب تو اُسے بہت رنج ہوا کہ میں نے اپنی ہی رانی کے ساتھ ایسا ظلم کیا۔ وہ رات دن پچھتاوے میں پڑ گیا اور دل میں سوچنے لگا کہ وقت ہاتھ سے نکل گیا۔ اب وہ دیوی کہاں مل سکتی ہے۔ وہ ہمیشہ اس کی تصویر سامنے رکھنے لگا اور اُس کے خیال میں سوکھ سوکھ کر کانٹا ہو گیا۔

ایک دن اسی سوچ بچار میں بیٹھا تھا کہ راجہ اندر نے اپنے کوچوان ماتلی کو بھیجا کہ راجہ دشینت کو ہمارے دشمنوں سے لڑنے کے لئے جنت میں بلا لاؤ۔ راجہ دشینت اِندر کا حکم پاتے ہی اسی کے رتھ پر سوار ہو کر جنت کو روانہ ہوا۔ اور اِندر کے دشمنوں کو جنت سے مار بھگایا۔ راجہ اندر بہت خوش ہوا اور بہت عزت کے ساتھ دشینت کو رخصت کیا۔ واپسی میں دشینت ہیم کوٹ پہاڑ پر اُترا جہاں کیشپ رشی تپسیا کر رہے تھے۔ راجہ دشینت رشی کیشپ سے ملنے کے انتظار میں تھا کہ اُس نے دو تین چیلیوں کو دیکھا کہ ایک بچے کو شرارت سے منع کر رہی ہیں اور وہ نہیں مانتا۔ وہ برابر ایک شیر کے بچے کو دِق کئے جا رہا ہے۔ شیر کے بچے سے گتھم گتھا ہونے سے اس بچے کے گلے کا گنڈا زمین پر گر پڑا ہے۔ دشینت نے شفقت سے بچے کو گود میں لے لیا اور اس کے گنڈے کو بھی زمین سے اٹھا لیا۔ اس گنڈے میں یہ صفت تھی کہ باپ کے سوا جو کوئی غیر اُسے اٹھاتا تھا وہ سانپ بن کر ڈس لیتا تھا۔ دشینت کو جب گنڈے نے سانپ بن کر نہیں ڈسا تو سب چیلیاں آشرم میں دوڑی گئیں۔

اسی آشرم میں شکنتلا اور اس کا بچہ رہتا تھا۔ شکنتلا کو چیلوں نے یہ خوش خبری دی۔ پہلے تو اُسے یقین نہ آیا مگر جب اُس نے خود دشنیت کو دیکھ لیا تو خوشی اور غم کے آنسو اس کی آنکھ سے بہنے لگے۔ دشنیت اُس کے قدموں پر گر کر اپنے کئے کی معافی مانگنے لگا۔ شکنتلا نے جھٹ اُسے قدموں سے اُٹھا لیا اور کہا۔ "جو ہوا سو ہوا۔ قسمت کا لکھا ٹل نہیں سکتا۔ میرا من صاف ہے۔ آپ کوئی چنتا نہ کیجئے"۔

ماں باپ اور بچہ مل کر تینوں رشی کیشپ کی خدمت میں گئے۔ رشی نے تینوں کو دعائیں دے کر رخصت کیا۔ پھر اُنہوں نے باقی زندگی عیش و آرام سے گذار دی۔

(محمد حفیظ الدین)

۳۔ نمک کا داروغہ

جب نمک کا ایک محکمہ قائم ہوا اور ایک خداداد نعمت سے فائدہ اٹھانے کی ممانعت کر دی گئی تو لوگ دروازۂ صدر بند پا کر روزن شگاف کی فکریں کرنے لگے۔ چاروں طرف خیانت اور غبن اور تحریص کا بازار گرم تھا۔ پٹواری گری کا معزز اور پُر منفعت عہدہ چھوڑ چھوڑ کر لوگ صیغہ نمک کی برقندازی کرتے تھے۔ اور اس محکمے کا داروغہ تو وکیلوں کے لئے رشک کا باعث تھا۔

منشی بنسی دھر بھی روزگار کی تلاش میں نکلے۔ ان کے باپ ایک جہاندیدہ بزرگ تھے۔ سمجھانے لگے "بیٹا! گھر کی حالت زرا دیکھ رہے ہو۔ قرضے سے گردنیں دبی ہوئی ہیں۔ لڑکیاں ہیں۔ وہ گنگا جمنا کی طرح بڑھتی چلی جاتی ہیں۔ میں کگار پے کا درخت ہوں نہ معلوم کب گر پڑوں۔ تمہیں گھر کے مالک و مختار ہو۔ مشاہرہ اور عہدہ کا مطلق خیال نہ کرنا۔

یہ تو پیر کا مزار ہے۔ لنگاہ چڑھاوے! اور چادر پر رکھنی چاہیئے ایسا کام ڈھونڈنا جہاں بالائی رقم کی آمد ہو۔ ماہوار مشاہرہ پورنماشی کا چاند ہے۔ جو ایک دن دکھائی دیتا ہے اور پھر گھٹتے گھٹتے غائب ہو جاتا ہے۔ بالائی رقم پانی کا بہتا ہوا سوتا ہے۔ جس سے پیاس ہمیشہ بجھتی رہتی ہے۔ مشاہرہ انسان دیتا ہے اسی لئے اس میں برکت نہیں ہوتی۔ بالائی رقم غیب سے ملتی ہے۔ اس لئے اس میں برکت ہوتی ہے۔ اور تم خود عالم فاضل ہو۔ تمہیں کیا سمجھاؤں۔ ان باتوں کو گرہ میں باندھ لو۔ میری ساری زندگی کی کمائی ہیں۔"

بزرگانہ نصیحت کے بعد کچھ دعائیہ کلمات کی باری آئی۔ بنسی دھر نے سعادت مند لڑکے کی طرح یہ باتیں بہت توجہ سے سنیں اور گھر سے چل کھڑے ہوئے۔ اچھے شگون سے چلے تھے۔ صیغۂ نمک کے داروغہ مقرر ہو گئے۔ مشاہرہ معقول، بالائی رقم کا کچھ ٹھکانا نہ تھا۔ بوڑھے منشی جی نے خط پایا تو باغ باغ ہو گئے۔

جاڑے کے دن تھے اور رات کا وقت۔ نمک کے برقنداز اور چوکیدار شراب خانے کے دربان بنے ہوئے تھے۔ منشی بنسی دھر

کو ابھی یہاں آئے چھ ماہ سے زیادہ نہیں ہوئے تھے لیکن
اسی عرصہ میں ان کی فرض شناسی اور دیانت نے افسروں کا
اعتبار اور پبلک کی بے اعتباری حاصل کر لی تھی۔ نمک کے
دفتر سے ایک میل پورب کی جانب جمنا ندی بہتی تھی۔ اور
اس پر کشتیوں کی ایک گذرگاہ بنی ہوئی تھی۔ داروغہ صاحب
کمرہ بند کئے میٹھی نیند سوتے تھے۔ یکایک آنکھ کھلی تو ندی کے
میٹھے سہانے راگ کی بجائے گاڑیوں کا شوروغل اور ملاحوں
کی بلند آوازیں کان میں آئیں۔ اُٹھ بیٹھے۔ اتنی رات گئے
گاڑیاں کیوں دریا کے پار جاتی ہیں۔ اگر کچھ دغا نہیں ہے تو
اس پردۂ تاریک کی ضرورت کیوں۔ شبہ کو استدلال نے
تقویت دی۔ وردی پہنی طمنچہ جیب میں رکھا اور آن
کی آن میں گھوڑا بڑھائے ہوئے دریا کے کنارے آ پہنچے۔
دیکھا تو گاڑیوں کی ایک لمبی قطار پل سے اُتر رہی ہے۔ حاکمانہ
انداز سے بولے "کس کی گاڑیاں ہیں؟"

تھوڑی دیر تک سناٹا رہا۔ آدمیوں میں کچھ سرگوشیاں
ہوئیں۔ تب اگلے گاڑی بان نے جواب دیا "پنڈت الوپی
دین کی"۔

"کون پنڈت الوپی دین؟"

"داتا گنج کے۔"

منشی بنسی دھر چونکے۔ الوپی دین اس علاقہ کا سب سے بڑا اور ممتاز زمیندار تھا۔ لاکھوں کی ہنڈیاں چلتی تھیں۔ غلہ کا کاروبار الگ۔ بڑا صاحب اثر۔ بڑا حکام رس۔ بارہ مہینے سدا برت چلتا تھا۔ پوچھا کہاں جائیں گے؟ جواب ملا کہ کانپور کو۔ لیکن اس سوال پر کہ "ان میں کیا ہے؟" ایک خاموشی کا عالم طاری ہو گیا۔ اور داروغہ صاحب کا شبہ یقین کے درجہ تک پہنچ گیا۔ جواب کے ناکام انتظار کے بعد ذرا زور سے بولے "کیا تم سب گونگے ہو گئے، ہم پوچھتے ہیں ان میں کیا لدا ہے؟" جب اب کے بھی کوئی جواب نہیں ملا تو انہوں نے گھوڑے کو ایک گاڑی سے ملا دیا۔ اور ایک بورے کو ٹٹولا۔ شبہ یقین سے ہم آغوش تھا۔ یہ نمک کے ڈھیلے تھے۔

پنڈت الوپی دین اپنے رتھ پر سوار کچھ سوتے کچھ جاگتے چلے آتے تھے۔ کہ دفعتاً کئی گھبرائے ہوئے گاڑی بانوں نے آکر جگایا اور بولے "مہاراج! دروگا نے گاڑیاں روک دیں اور گھاٹ پر کھڑے آپ کو بلاتے ہیں۔" پنڈت الوپی دین کو

مبلغ علیہ السلام کی طاقت کا پورا پورا اور عملی تجربہ تھا۔ وہ کہا کرتے تھے۔ قانون اور حق و انصاف یہ سب دولت کے کھلونے ہیں۔ جن سے وہ حسب ضرورت اپنا جی بہلایا کرتی ہے۔ لیٹے لیٹے امیرانہ بے پروائی سے بولے: "اچھا چلو ہم آتے ہیں۔" یہ کہہ کر پنڈت جی نے بہت اطمینان سے پان کے بیڑے لگائے۔ اور تب لحاف اوڑھے ہوئے دارو غہ جی کے پاس آکر بے تکلفانہ انداز سے بولے۔ "بابو جی اشیرباد۔ ہم سے ایسی کیا خطا ہوئی کہ گاڑیاں روک دی گئیں۔ ہم برہمنوں پر تو آپ کی نظرِ عنایت ہی رہنی چاہیئے۔"

بنسی دھر نے الوپی دین کو پہچانا۔ بے اعتنائی سے بولے۔ "سرکاری حکم ہے۔" الوپی دین نے ہنس کر کہا: "ہم سرکاری حکم کو نہیں جانتے اور نہ سرکار کو۔ ہمارے سرکار تو آپ ہی ہیں۔ ہمارا اور آپ کا تو گھر کا معاملہ ہے۔ کبھی آپ سے باہر ہو سکتے ہیں۔ آپ نے ناحق تکلیف کی۔ یہ ہو ہی نہیں سکتا کہ ادھر سے جائیں اور اس گھاٹ کے دیوتا کو بھینٹ نہ چڑھائیں۔ میں خود آپ کی خدمت میں حاضر ہوتا۔"

بنسی دھر پر دولت کی ان شیریں زبانیوں کا کچھ اثر نہ

ہوا۔ دیانت داری کا تازہ جوش تھا۔ کڑک کر بولے "ہم ان نمک حراموں میں نہیں ہیں جو کوڑیوں پر اپنا ایمان بیچتے پھرتے ہیں۔ آپ اس وقت حراست میں ہیں۔ صبح کو آپ کا باقاعدہ چالان ہوگا۔ بس مجھے زیادہ باتوں کی فرصت نہیں ہے جمعدار بدلو سنگھ! تم انہیں حراست میں لے لو۔ میں حکم دیتا ہوں۔"

پنڈت الوپی دین بہت منکسرانہ انداز میں بولے۔"بابو صاحب! ایسا ظلم نہ کیجئے۔ ہم مٹ جائیں گے۔ عزت خاک میں مل جائے گی آخر آپ کو کیا فائدہ ہوگا۔ بہت ہوا تو تھوڑا سا انعام اکرام مل جائے گا۔ ہم کسی طرح آپ سے باہر تھوڑا ہی ہیں۔"

منسی دھر نے سخت لہجے میں کہا۔" ہم ایسی باتیں سننا نہیں چاہتے۔"

الوپی دین نے جس سہارے کو چٹان سمجھ رکھا تھا۔ وہ پاؤں کے نیچے سے کھسکتا ہوا معلوم ہوا۔ اعتماد نفس اور غرور دولت کو سخت صدمہ پہنچا۔ لیکن ابھی تک دولت کی تعدادی قوت کا پورا بھروسا تھا۔ اپنے مختار سے بولے۔" لالہ جی! ایک ہزار روپیہ کا نوٹ بابو صاحب کی نذر کرو۔ آپ اس وقت بھوکے شیر ہو رہے ہیں۔"

بنسی دھر نے کہا "ایک ہزار نہیں مجھے ایک لاکھ بھی فرض کے راستے سے ہٹا نہیں سکتا" دولت فرض کی اس خام کارانہ جسارت اور اس زاہدانہ نفس کُشی پر جھنجھلائی۔ اور اب ان دونوں طاقتوں کے درمیان بڑے معرکے کی کشمکش ہوئی۔ دولت نے پیچ و تاب کھا کر مایوسانہ جوش کے ساتھ کئی حملے کیئے۔ ایک سے پانچ ہزار تک۔ پانچ سے دس، دس سے پندرہ اور پندرہ سے بیس ہزار تک نوبت پہنچی۔ لیکن فرض مردانہ ہمت کے ساتھ اس سپاہ عظیم کے مقابلہ میں یکہ و تنہا پہاڑ کی طرح اٹل کھڑا تھا۔

فرض نے دولت کو پاؤں تلے کچل ڈالا۔ الوپی دین نے ایک قوی ہیکل جوان کو ہتھکڑیاں لیئے ہوئے اپنی طرف آتے دیکھا۔ چاروں طرف مایوسانہ نگاہیں ڈالیں۔ اور تب غش کھا کر زمین پر گر پڑے۔

جب دوسرے دن پنڈت الوپی دین کا مواخذہ ہوا اور وہ کانسٹیلوں کے ساتھ شرم سے گردن جھکائے عدالت کی طرف چلے۔ ہاتھوں میں ہتھکڑیاں۔ دل میں غم و غصہ تو سارے شہر میں ہل چل سی مچ گئی۔ میلوں میں بھی شاید

شوقِ نظارہ ایسی اُمنگ پر نہ آتا ہو۔

مگر عدالت میں پہنچنے کی دیر تھی۔ پنڈت الوپی دین اس قلزم ناپیدا کنار کے نہنگ تھے۔ حکام ان کے قدر شناس، عملے ان کے نیاز مند۔ وکیل اور مختار اُن کے ناز بردار اور اردلی کے چپراسی اور چوکیدار تو ان کے درم خریدہ غلام تھے۔ انہیں دیکھتے ہی چاروں طرف سے لوگ دوڑے۔ ہر شخص حیرت سے انگشت بدنداں تھا۔ اس لئے نہیں کہ الوپی دین نے کیوں ایسا فعل کیا بلکہ وہ کیوں قانون کے پنجے میں آئے۔ ایسا شخص جس کے پاس محال کو ممکن کرنے والی دولت اور دیوتاؤں پر جادو ڈالنے والی چرب زبانی ہو۔ کیوں قانون کا شکار بنے حیرت کے بعد ہمدردی کے اظہار ہونے لگے۔ فوراً اس حملے کو روکنے کے لئے وکیلوں کا ایک دستہ تیار کیا گیا۔ اور انصاف کے میدان میں فرض اور دولت کی باقاعدہ جنگ شروع ہوئی۔ بنسی دھر خاموش کھڑے تھے۔ یکہ و تنہا۔ سچائی کے سوا اور کچھ پاس نہیں۔ صاف بیانی کے سوا اور کوئی ہتھیار نہیں۔

وہ عدالت کا دربار تھا لیکن اس کے ارکان پر دولت کا

نشہ چھایا ہوا تھا۔ مقدمہ بہت جلد فیصل ہو گیا۔ ڈپٹی مجسٹریٹ نے تجویز لکھی۔ پنڈت الوپی دین کے خلاف شہادت نہایت کمزور اور مہمل ہے۔ وہ ایک صاحب ثروت رئیس ہے۔ یہ غیر ممکن ہے کہ وہ محض چند ہزار کے فائدے کے لئے ایسی کمینہ حرکت کے مرتکب ہو سکتے۔ داروغہ صاحب نمک بنسی دھر پہ اگر زیادہ سنگین نہیں تو ایک افسوس ناک غلطی اور خام کارانہ سرگرمی کا الزام ضرور عائد ہوتا ہے۔

بنسی دھر نے ثروت اور رسوخ سے بیر مول لے لیا تھا۔ اس کی قیمت دینی واجب تھی بمشکل سے ایک ہفتہ گزرا ہو گا۔ کہ معطلی کا پروانہ آ پہنچا۔ فرض شناسی کی سزا ملی۔ بے چارے دل شکستہ اور پریشان حال اپنے وطن کو روانہ ہوئے۔ بوڑھے منشی جی پہلے ہی سے بدظن ہو رہے تھے کہ چلتے چلتے سمجھایا تھا مگر اس لڑکے نے ایک نہ سنی۔ آخر ہم نے بھی نوکری کی ہے۔ اور کوئی عہدہ دار نہیں تھے۔ لیکن جو کام کیا دل کھول کر کیا۔ اور آپ دیانتدار بننے چلے ہیں۔ گھر میں چاہے اندھیرا رہے مسجد میں ضرور چراغ جلائیں گے۔ حیف ایسی سمجھ پہ۔ اس اثنا میں بنسی دھر خستہ حال مکان پہنچے۔ اور بوڑھے منشی جی نے

روئیداد سنی تو سر پیٹ لیا۔

اس طرح اپنے بیگانوں کی ترش روئی اور بیگانوں کی دل دوز ہمدردیاں سہتے سہتے ایک ہفتہ گزر گیا۔ شام کا وقت تھا۔ بوڑھے منشی رام نام کی مالا پھیر رہے تھے۔ کہ ان کے دروازے پر ایک سجا ہوا رتھ آ کر رکا۔ منشی جی پیشوائی کو دوڑے۔ دیکھا تو پنڈت الوپی دین ہیں۔ جھک کر ڈنڈوت کی اور مدبرانہ درفشانیاں کیں۔ آپ کو کون سا منہ دکھائیں منہ میں کالک لگی ہوئی ہے۔ مگر کیا کریں۔ لڑکا نالائق ہے۔ ناخلف ہے۔ بنسی دھر نے الوپی دین کو دیکھا مصافحہ کیا لیکن شان خودداری لئے ہوئے فوراً گمان ہوا کہ یہ حضرت مجھے جلانے آئے ہیں۔ زبان شرمندہ معذرت نہیں ہوئی۔ یکایک پنڈت جی نے کلام کیا۔ " نہیں بھائی صاحب ایسا نہ فرمائیے"۔ بوڑھے منشی کی قیافہ شناسی نے جواب دے دیا۔ انداز حیرت سے بولے۔ " ایسی اولاد کو اور کیا کہوں"۔ الوپی دین نے کسی قدر جوش سے کہا۔ " فخر خاندان اور بزرگوں کا نام روشن کرنے والا ایسا سپوت لڑکا پا کر آپ کو پرماتما کا شکر گذار ہونا چاہیئے۔ دنیا میں ایسے کتنے انسان ہیں جو دیانت پر اپنا سب کچھ نثار کرنے پر

تیار ہوں۔ داروغہ جی اسے زمانہ سازی کے لئے مجھے یہاں تک تکلیف کرنے کی ضرورت نہ تھی۔ اس رات کو آپ نے مجھے حکومت کے زور سے حراست میں لیا تھا۔ آج میں خود بخود آپ کی حراست میں آیا ہوں۔ میں نے ہزاروں رئیس اور امیر دیکھے۔ ہزاروں عالی مرتبہ حکام سے سابقہ پڑا لیکن مجھے زیر کیا تو آپ نے۔ میں نے سب کو اپنا اور اپنی دولت کا غلام بنا کر چھوڑ دیا۔ مجھے اجازت ہے کہ آپ سے کوئی سوال کروں؟ دریا کے کنارے آپ نے میرا سوال رد کر دیا تھا لیکن یہ سوال آپ کو قبول کرنا پڑے گا۔"

بنسی دھر نے جواب دیا۔" میں کس قابل ہوں لیکن مجھ سے جو کچھ ناچیز خدمت ہو سکے گی۔ اس میں دریغ نہ ہوگا۔"

الوپی دین بولے۔" اس مختار نامہ کو ملاحظہ فرمائیے اور اس پر دستخط کیجئے۔ میں برہمن ہوں۔ جب تک یہ سوال پورا نہ کیجئے گا دروازہ سے نہ ٹلوں گا۔"

منشی بنسی دھر نے مختار نامہ کو پڑھا تو شکریہ کے آنسو آنکھوں میں بھر آئے۔ پنڈت الوپی دین نے انہیں اپنی ساری ملکیت کا مختار عام قرار دیا تھا۔ چھ ہزار سالانہ تنخواہ جیب خاص

کے لیے، روزانہ خرچ الگ۔ سواری کے لئے گھوڑے۔ اختیارات غیر محدود۔ کانپتی ہوئی آواز سے بولے۔

"پنڈت جی! میں کس زبان سے آپ کا شکریہ ادا کروں کہ آپ نے مجھے ان عنایات بے کراں کے قابل سمجھا۔ لیکن میں آپ سے سچ عرض کرتا ہوں کہ میں اتنے اعلیٰ رتبے کے قابل نہیں ہوں۔ مجھ میں نہ علم ہے نہ فراست۔ نہ وہ تجربہ ہے جو ان خامیوں پر پردہ ڈال سکے۔ ایسی معزز خدمات کے لیئے ایک بڑے معاملہ فہم اور کارکرد منشی کی ضرورت ہے۔

الوپی دین نے قلمدان سے قلم نکالا۔ اور بنسی دھر کے ہاتھ میں دے کر بولے۔" مجھے نہ علم کی ضرورت ہے نہ فراست کی۔ نہ کارکردگی کی اور نہ معاملہ فہمی کی۔ ان سنگ ریزوں کے جوہر میں بار ہا پرکھ چکا ہوں۔ اب حسنِ تقدیر اور حسنِ اتفاق نے مجھے وہ بے بہا موتی دے دیا ہے جس کی آپ کے سامنے علم اور فراست کی چمک کوئی چیز نہیں۔ یہ قلم حاضر ہے۔ زیادہ تامّل نہ کیجئے۔ اس پر آہستہ سے دستخط کیجیے۔

بنسی دھر کی آنکھوں میں آنسو بھر آئے۔ اور مختار نامے پر کانپتے ہوئے ہاتھوں سے دستخط کر دیئے۔ (منشی پریم چند)

۴۔ تولہ بھر ریڈیم

کچھ دن ہوئے لندن کے بے فکروں نے ایک جگہ جمع ہو کر یہ سوچنا شروع کیا کہ تفریح و دلچسپی کا ایسا کون سا مشغلہ ہو سکتا ہے کہ وقت بھی بڑے مزے سے گزرے اور گرہ سے بھی کچھ خرچ نہ ہو یہ لوگ انگریزی سوسائٹی کا خلاصہ اور انگلستان کی شرافت کا عطر تھے۔ ان میں سے کوئی ڈیوک تھا، کوئی بیرن، کوئی پارلیمنٹ کا ممبر تھا، اور کوئی فوجی افسر۔

سوچتے سوچتے آخر ایک کی طبیعت لڑ گئی اور اس نے یہ تجویز پیش کی کہ ہم لوگ ایک انجمن نقب زنی قائم کریں جس کی رکنیت کی فیس یہ ہو کہ ہر رکن سال میں ایک دفعہ لندن کا کوئی گھر جسے صدر انجمن صاحب تجویز کریں۔ پھوڑا کرے۔ اس تجویز پر سب نے بہ اشتیاق تمام صاد کیا۔ اور باقاعدہ انجمن نقب زنی قائم ہو گئی جس کے ارکان کی تعداد ایک ممبر کی تحریک پر الف لیلہ کے مشہور علی بابا چالیس چوروں والے قصے کی

مناسبت سے چالیس مقرر کی گئی۔

ایک دن بعض ضروری اُمور پر غور کرنے کے لئے انجمن کا باقاعدہ اجلاس ہوا تو صدر انجمن نے پہلے تو بلا کسی تمہید کے حاضرین سے یہ کہا کہ ریڈیم جیسی نایاب چیز بہ مقدارِ کثیر موجود ہو گئی۔ اور اس کے بعد جیب میں سے ایک اخبار نکال کر حسب ذیل عبارت پڑھنی شروع کی۔

"کچھ عرصہ ہوا کہ آدھ سیر ریڈیم کی قیمت آٹھ لاکھ چھیانوے ہزار پونڈ (ایک کروڑ چوبیس لاکھ چالیس ہزار روپے) بتائی گئی تھی۔ جن جن لوگوں کے پاس اس نادر الوجود عنصر کی کوئی مقدار بہ غرض فروخت موجود ہو اُنھیں ہم مشورہ دیتے ہیں کہ جہاں تک جلد ممکن ہو اسے علٰحدہ کر ڈالیں کیونکہ پروفیسر ہیلیتھ نے اس عنصر کی مقدارِ کثیر بہم پہنچانے کا ایک حیرت انگیز طریقہ دریافت کر لیا ہے۔ چنانچہ اس طریقے کے بموجب پروفیسر موصوف نے تولہ بھر ریڈیم جس کی قیمت بازار کے بھاؤ سے تین لاکھ چونسٹھ ہزار روپے ہوتی ہے تیار کر لیا ہے۔ اور چند خاص خاص ماہرینِ علمِ کیمیا نے پروفیسر ہیلیتھ کے کارخانے میں جا کر اس کی اصلیت کے متعلق اپنی تسلی کر لی ہے۔ معلوم ہوتا

ہے کہ وہ زمانہ جلد آنے والا ہے جب ریڈیم نظری دنیا سے عملی دنیا میں آجائے گی اور اس کا شمار تمدن کی بڑی قوتوں میں ہونے لگے گا۔ چونکہ اس عجیب و غریب عنصر کے چھوٹے سے ٹکڑے میں یہ تاثیر موجود ہے کہ ایک متوسط الحال شخص کے آتش دان کو دو ہزار سال تک کوئلے کی احتیاج سے مستغنی رکھ سکے لہذا ظاہر ہے کہ شہروں میں دھوئیں کی وجہ سے آج کل جو تکلیف ہے وہ بالکل جاتی رہے گی۔ دُخانی جہازوں کو کوئلے کی ضرورت نہ رہے گی۔"

ایک رکن :۔ "ہو گا تو بڑے مزے کا زمانہ"

دوسرا رکن :۔ "لیکن اسے ہماری آج کی کارروائی سے کیا تعلق؟"

صدر انجمن :۔ "مجھے اپنی بات پوری تو کر لینے دی ہوتی؛ اس کے بعد ٹوکا ہوتا۔"

دوسرا رکن :۔ "ارشاد ہو۔ ہم ہمہ تن گوش ہیں۔"

صدر انجمن :۔ "ہمارے سیکریٹری صاحب نے جو سالانہ رپورٹ پیش کی ہے اس سے معلوم ہوتا ہے کہ میجر جیرلڈ براؤن کا چندہ بابت سال گذشتہ ابھی تک وصول نہیں ہوا لہذا میں یہ فیصلہ کرتا ہوں کہ میجر براؤن یہ تولا بھر ریڈیم قیمتی تین لاکھ چونسٹھ ہزار روپے

پروفیسر ہیلیتھ کے مکان سے لاکر انجمن کے اجلاسِ آئندہ میں پیش کریں۔ اگرچہ ساتھ ہی یہ کہے بغیر نہیں رہ سکتا کہ اس معزز انجمن کی رکنیت کی شان اس سے بہت اونچی ہے کہ تین لاکھ چونسٹھ ہزار روپے جیسی حقیر رقم اس کے برقرار رکھنے کا کافی معاوضہ ہو سکے۔

اس فیصلے کی تعمیل کے خیال سے گذشتہ ماہ اپریل کی پہلی تاریخ کو آدھی رات کے وقت میجر جیرالڈ براؤن، پروفیسر ہیلیتھ کے مکان واقع اڈ گیٹ سرکس کے پچھواڑے کی دیوار پھاند کر مکان کے اندر داخل ہوئے۔ میجر صاحب کا طرزِ عمل وہی تھا جو ایک معمولی چور کا ہوتا ہے۔ آپ کھڑکی توڑ کر ایک کمرے میں گھسے۔ یہ کمرہ پروفیسر کا معمل یا دارالتجربہ تھا۔ چونکہ چاروں طرف اندھیرا چھایا ہوا تھا لہٰذا میجر براؤن نے جیب میں سے ایک چھوٹی سی لالٹین نکال کر روشن کی اور ہر طرف نگاہ ڈالی تو سامنے ایک دروازہ نظر آیا۔ جو صرف ایک چٹخنی کھول کر وا ہوتا تھا۔ وہ چٹخنی کھول کر اندر داخل ہوا اور آگے بڑھا۔ کچھ دور جا کر داہنے ہاتھ کی طرف ایک دروازہ اور دیکھا جس کے پٹ بالکل وا تھے۔ دروازے میں سے اُسے جو کچھ نظر آیا وہ

اسے محو حیرت و استعجاب کرنے کے لئے کافی تھا۔ کمرے کے وسط میں میز پہ ایک چمکدار چیز رکھی ہوئی تھی۔ مقابل والی دیوار پر کوئی ایک فٹ مربع جگہ اس چمکدار چیز کے عکس کی وجہ سے نورانی ہو رہی تھی۔ یہ ریڈیم تھا۔ میجر کو تعجب ہوا کہ پروفیسر نے ایسی بیش بہا چیز کو کیوں اس طرح سے کھلا چھوڑ دیا۔ یہ ظاہر تھا کہ پروفیسر نے سائنسدانوں کے دکھانے کے لئے اسے یہاں رکھا تھا۔ لیکن تین لاکھ چونسٹھ ہزار روپے کا مال کھلا میز پر رکھ دینا ایسی لغویت تھی جس کا ارتکاب پروفیسر کے سوا[1] کوئی دوسرا کرتا تو اول درجے کا پاگل سمجھا جاتا۔ لیکن یہ ایسا وقت نہ تھا کہ میجر براؤن پروفیسر کے قوائے ذہنی کی صحت و عدم صحت پر کھڑا ہوا غور کرتا۔ چنانچہ وہ میز کی طرف بڑھا۔ لیکن وہ کمرے کے اندر قدم رکھا ہی تھا کہ دروازے کے پٹ بڑے زور سے بند ہو گئے میجر حیران ہوا کہ دروازہ کیسے بند ہوا۔ کیونکہ نہ ہوا تیز تھی نہ کوئی شخص موجود تھا جس نے دروازہ بند کیا ہو۔ کچھ دیر محو حیرت رہنے کے بعد وہ دروازے کی طرف بڑھا کہ پٹ پھر کھول دے اور گھنڈی

---

[1] مراد یہ ہے کہ پروفیسر اکثر مخبوط الحواس ہوا کرتے ہیں۔

گھما کر کھینچا۔ لیکن معلوم ہوا کہ یہ دروازہ مقفل ہے۔ اس نے گھنڈی کو ہر طرف گھمانا شروع کیا مگر بے سود۔ چٹخنیوں کو ٹٹولا کہ بند ہونے کے دھماکے سے پیچھے والی چٹخنی تو کہیں نہ گر گئی ہو۔ لیکن چٹخنی چڑھی ہوئی تھی۔ اس نے دروازے کو پھر اچھی طرح سے دیکھنا شروع کیا۔ سوا اُس گھنڈی کے جسے وہ ہر طرف گھما چکا تھا۔ اور اس چٹخنی کے جسے وہ دیکھ چکا تھا کہ چڑھی ہوئی ہے اور کوئی چیز ایسی نہ تھی جس سے دروازہ بند ہو سکتا۔ نہ کنجی کا سوراخ تھا نہ حلقے تھے جن سے معلوم ہو کہ دروازہ مقفل ہے۔ میجر نے خیال کیا۔ ضرور ہے کہ کمرے سے نکلنے کا کوئی دوسرا راستہ ہو۔ اس خیال سے اس نے اِدھر اُدھر دیکھنا شروع کیا۔ مگر کوئی کھڑکی یا دروازہ یا روشندان نظر نہ آیا۔

تب تو میجر بہت ہی سٹ پٹایا اور دل میں یہ کہنے لگا۔

"بُرے پھنسے! خدا ہی ہے جو یہاں سے رہائی ملے۔ اور یہ سب میری بیوقوفی ہے۔ مجھے چاہیئے تھا کہ دروازے کی طرف سے اطمینان کر لیتا تب اندر گھستا۔ افسوس ہے مجھ جیسا آدمی جو شاہی گارڈ کا میجر ہو۔ اور پارلیمنٹ کا ممبر ہو وہ معمولی چوروں کی طرح اقدامِ نقب زنی میں چالان کیا جائے"۔

اس خیال سے اس کا دماغ چکرانے لگا اور بدن میں رعشہ پڑ گیا۔ اس پر اُسے اور غصہ آیا اور دل میں سوچنے لگا کہ میں اس سے زیادہ خطروں میں مبتلا ہو چکا ہوں لیکن کبھی مجھے ایسی گھبراہٹ نہ ہوئی جیسی اس وقت ہے۔ وہ انھیں خیالات میں مستغرق تھا کہ دفعتاً گھنٹی بجی جسے سنتے ہی وہ چونک پڑا۔ پیچھے پھر کے دیکھا تو کمرے کے کونے میں ٹیلیفون لگا پایا۔ جس کی گھنٹی بج رہی تھی۔ اس سے اس کے رہے سہے اوسان اور جاتے رہے۔ جب گھنٹی بجنی موقوف ہی نہ ہوئی تو یہ بہ مجبوری ٹیلیفون کے پاس گیا اور کان لگا کر سننے لگا۔ آواز آئی۔ "کون ہے"؟ میجر نے جواب نہ دیا۔ دوبارہ آواز آئی۔ "کون ہے"؟ میجر پھر بھی چپ ہی رہا۔

آواز:۔ "اگر جواب نہ دو گے تو ابھی پولیس کے سپاہی کو بلا کر تمہیں گرفتار کرا دیا جائے گا"؟

میجر:۔ (یہ دیکھ کر کہ اگر جواب نہ دیا تو پولیس کا سپاہی آ کر حقیقت میں ہتھکڑی ڈال دے گا)۔ "کہو کیا کہتے ہو"؟

آواز:۔ "خوب! کہو کیسے ہو"؟

میجر:۔ "بڑے مزے میں ہوں۔ کیا آپ ڈاکٹر ہیں"؟

آواز:۔ "تمہارا نام کیا ہے"؟

میجر:۔ (یہ خیال کر کے کہ صحیح نام بتانا ٹھیک نہیں) "رچرڈ مارکھم"

آواز:۔ "آپ کی عمر کتنی ہے؟"

میجر:۔ (یہ یقین کر کے کہ یہ ضرور کوئی بیمہ کمپنی کا ڈائرکٹر ہے جو اسے پروفیسر ہیلبتھ کا نائب سمجھ کر یہ باتیں پوچھ رہا ہے) "میری عمر تو جو کچھ ہے وہ ہے۔ مگر یہ تو فرمائیے کہ یہ آدھی رات کے وقت آپ کو اپنی معلومات میں اس اضافے کی کیا ضرورت ہے؟"

آواز:۔ (میجر کے سوال پر مطلق التفات نہ کر کے) "آپ کی عمر؟ جلدی کیجئے"۔

میجر:۔ "پینتیس سال"۔ (اپنے دل میں) ایسے آڑے وقت میں سچ کے سوا چارہ نہیں۔

آواز:۔ "رچرڈ مارکھم۔ عمر پینتیس سال۔ پیشہ؟"

میجر:۔ "سپہگری"

آواز:۔ بہت ٹھیک۔ رچرڈ مارکھم۔ عمر پینتیس سال۔ پیشہ سپہگری۔ ملازمت میں ہے یا پنشن ملتی ہے؟"

میجر:۔ "پنشن پاتا ہوں"۔

آواز:۔ "اچھا تو سنیئے۔ رچرڈ مارکھم عمر پینتیس سال۔ پیشہ سپہگری

حال پنشن یاب۔ مگر آپ اس درجہ بیوقوف ہیں کہ ریڈیم
کے ایک ٹکڑے کی خاطر اپنے پیشے کو دھبہ لگاتے ہیں
اور پنشن سے ہاتھ دھوتے ہیں۔

منیجر:- (شرمندہ اور متحیر ہو کر) "کیا کہا"؟

آواز:- "میں نے یہ عرض کیا کہ ریڈیم کے ایک ٹکڑے کی خاطر آپ
اپنی پنشن کے پیچھے کیوں پڑے ہیں"؟

منیجر:- "میری سمجھ میں نہیں آتا کہ تم بک کیا رہے ہو"؟

آواز:- "بہت اچھا کوشش کروں گا کہ زیادہ وضاحت سے
کام لوں۔ جناب والا! آپ چور ہیں۔ آپ کا خیال شریف میں
آپ ریڈیم چرانے آئے تھے۔ لیکن پروفیسر ہیلیتھ کے مکان
میں بند ہو گئے۔"

منیجر:- (گھبرا کر) "ابے تو ہے کون؟"

آواز:- "پروفیسر ہیلیتھ"

منیجر:- "لعنت بہ کارِ شیطان"

پروفیسر:- "نہیں جناب بہ کارِ پروفیسر ہیلیتھ کہیئے"۔

منیجر:- "آپ کہاں سے بات کر رہے ہیں"؟

پروفیسر:- "میں برآمدے کے پہلو والے کمرے میں ہوں۔ میں جس
جگہ کھڑا ہوں وہاں سے آپ کے کمرہ کا دروازہ نظر آتا ہے۔

اور میرے ہاتھ میں بھرا ہوا پستول ہے"

میجر:۔ "آپ چاہتے کیا ہیں"؟

پروفیسر:۔ "میری منشا کا انحصار آپ کے طرزِ عمل پر ہے"

میجر:۔ "وہ کیسے"؟

پروفیسر:۔" وہ ایسے کہ آپ چاہیں تو آپ کو پولیس کے حوالے کر دیا جائے اور چاہیں تو مجھے سائنس کے انکشافات میں مدد دیں۔ کہیئے کیا صلاح ہے"؟

میجر:۔ "یہ سائنس کے انکشافات کیا بلا ہوتے ہیں"؟

پروفیسر:۔ "آپ ایک بارہ فٹ مربع کمرے میں مقید ہیں جس میں ایک تولا ریڈیم رکھا ہوا ہے"

میجر:۔ "اچھا پھر"؟

پروفیسر:۔" پھر یہ کہ آپ دنیا میں پہلے آدمی ہیں جو قلیل الحجم جگہ میں اتنے کثیر المقدار ریڈیم کے ساتھ بند ہوئے۔ اس لئے آپ کے محسوسات سائنٹیفک دنیا میں بہت گراں بہا سمجھے جائیں گے اس لئے اگر آپ اس وقت تک جب تک آپ کے ہوش وحواس بجا رہیں اپنے محسوسات سے مجھے بذریعہ ٹیلیفون اطلاع دیتے رہنے کا وعدہ کریں تو خیر ورنہ

ابھی پولیس کو بلاتا ہوں۔ اب دونوں باتوں میں آپ کون سی بات پسند کریں گے"؟

میجر:۔ "آپ کی عنایت کہ آپ نے یہ معاملہ میری رائے پر چھوڑ دیا۔ میں چاہتا ہوں کہ اپنے محسوسات بیان کر کے آپ کے علم میں اضافہ کر دوں"۔

پروفیسر:۔ "جناب رچرڈ مارکھم صاحب! میں آپ کا نہایت ہی شکر گزار ہوں۔ لیکن آپ کو پہلے سے متنبہ کئے دیتا ہوں کہ آپ کو جسمانی تکلیف بہت کچھ برداشت کرنی ہو گی۔ میرا تجربہ کئی گھنٹے سے پہلے ختم نہیں ہو گا اور چاہے آپ کو کتنی تکلیف محسوس کیوں نہ ہو، ناممکن ہے کہ دوران تجربہ میں کمرہ کھول کر آپ کو نکل جانے دوں۔ کہیئے آپ راضی ہیں یا پولیس"؟

میجر:۔ (جلدی سے بات کاٹ کر) "میں تو کہہ چکا ہوں کہ پولیس کے مقابلے میں مجھے آپ کی سائنس زیادہ عزیز ہے"۔

پروفیسر:۔ "نہایت مہربانی۔ ہاں یہ تو فرمائیے۔ آپ کا قلب کیسا ہے"؟

میجر:۔ "نہایت زبردست۔ گھنٹے کی طرح آواز دیتا ہے"۔

پروفیسر:۔ "نہایت ہی خوب۔ اس قسم کے تجربے کے لئے دل چاہیئے

بھی ایسا ہی۔"

میجر:۔ (دل میں) "یا اللہ بُرے پھنسے۔ (پروفیسر سے مخاطب ہو کر) آپ کو کچھ اور پوچھنا ہے؟"

پروفیسر:۔ "بہت کچھ۔ گھڑی ہے؟"

میجر:۔ "ہاں! ہے؟"

پروفیسر:۔ "آپ ضربات نبض بتا سکتے ہیں؟"

میجر:۔ "بے شک"

پروفیسر:۔ "جناب والا آپ تو موتیوں میں تولنے کے قابل ہیں۔ میں نہایت ممنون ہوں کہ آپ نے آدھی رات کو غریب خانے میں قدم رنجہ فرمایا۔ اس کمرے میں آپ کو بند ہوئے ۱۵ منٹ ۳۰ سیکنڈ ہو چکے ہیں اب بتایئے آپ کی نبض کی رفتار کیا ہے؟"

میجر:۔ "تہتر"

پروفیسر:۔ نہایت مہربانی! کیا آپ مقیاس الحرارت (تھرمامیٹر) کا استعمال جانتے ہیں؟

میجر:۔ "بے شک"

پروفیسر:۔ "بہت خوب۔ ٹیلیفون کے ڈھکنے پر کاغذ کے پاس

ایک نلکی رکھی ہے۔ اس میں سے مقیاس الحرارت نکال لیجئے اور نہایت ہی احتیاط سے بتائیے کہ پارہ کس درجے پر ہے؟"

میجر:۔ "ستانوے"۔

پروفیسر:۔ "نہایت مہربانی۔ بہت بہت شکریہ۔ مجھے خیال نہیں تھا کہ فوج میں ایسے سمجھدار لوگ بھی ہوتے ہیں۔ اخبار بھی لوگوں کو کس قدر دھوکا دیتے ہیں کہ اس کے خلاف ظاہر کرتے ہیں۔ اب آپ مقیاس الحرارت کو دو منٹ تک زبان کے نیچے رکھیئے اور اس کے بعد مجھے بتایئے کہ پارہ کتنے درجے اوپر چڑھا؟"

میجر:۔ (دو منٹ کے بعد) "ننانوے"۔

پروفیسر:۔ "بہت بہت مہربانی۔ آپ رسالے میں تھے یا پیدلوں میں؟"

میجر:۔ "رسالے میں"

پروفیسر:۔ رسالے میں؟ بہت بہت مہربانی۔ آپ کی شادی ہو چکی ہے؟

میجر:۔ "نہیں"۔

پروفیسر:- "تب تو کیا ہی کہنے ہے۔ آپ کو دردِ سر کی شکایت تو نہیں"؟

میجر:- "ابھی تک تو نہ تھی۔ لیکن آپ کے مسلسل سوالات کی عنایت سے تھوڑی دیر میں ضرور ہو جائے گی"۔

پروفیسر:- "آپ مہربانی فرما کر صرف علامات ہی بتلائے جائیے۔ تشخیص کا کام اس خاکسار کے سپرد کر دیجئے۔ آپ کے قلب کی حرکت کی کیا کیفیت ہے"؟

میجر:- "خوب زور سے دھڑک رہا ہے"۔

پروفیسر:- "ابھی کیا آگے چل کر دیکھئے گا کہ کیسا دھڑکتا ہے۔ تنفس کیسا ہے"؟

میجر:- "دم گھٹا جاتا ہے۔ اگر آپ مجھے تازی ہوا کھانے کے لئے ایک منٹ کو باہر آنے دیں تو بڑی عنایت ہوگی"۔

پروفیسر:- "نہ حضرت! تازہ ہوا کو ابھی اپنے تنفس سے زیر بار فرمانے کا خیال دل میں نہ لائیے۔ تجربہ ختم ہونے سے پہلے آپ کا باہر تشریف لانا ناممکنات میں سے ہے۔ شرح والوں کے ذی ہوش ہونے کے متعلق جو رائے میں نے قائم کی ہے عجب نہیں کہ آگے چل کر وہ غلط ثابت ہو۔ کوئی شخص

دوران تجربہ میں اس قسم کی خواہش کا اظہار نہیں کر سکتا۔ اچھا بالفعل کچھ دیر کے لئے میں اپنے سوالات ملتوی کرتا ہوں۔ تھوڑی دیر میں میں پھر گھنٹی بجاؤں گا۔ اگر آپ کو مجھ سے کچھ ارشاد کرنا ہو، تو میں یہیں حاضر ہوں۔ اس عرصہ میں آپ تھوڑی چہل قدمی کر کے تازہ دم ہو جائیں گے۔"

میجر ٹیلیفون کے پاس سے ہٹ گیا۔ کمرے کی ہوا بہت ہلکی ہو گئی تھی۔ ریڈیم کی شعاعیں زیادہ تیز اور چمکدار ہو چلی تھیں۔ جب وہ اس کی طرف بڑھا، تو اسے ایک فوری بے چینی محسوس ہوئی۔ جس طرح دہکتی ہوئی آگ کے سامنے جسم کو برہنہ کرنے سے جلن معلوم ہوتی ہے اسی طرح اسے ریڈیم کی طرف بڑھتے وقت ایسا معلوم ہوا کہ اس کے جسم کے سامنے کا حصہ آگ میں جھلس گیا ہے۔ سانس بھی رک رک کر آنے لگی۔ درد سر بھی معلوم ہونے لگا۔ وہ فوراً پیچھے ہٹ کر دیوار کے ایک کونے میں جا کھڑا ہوا۔ میز سے علیحدہ جا کر کھڑے ہونے سے ان علامتوں کی سختی کم ہو گئی۔ اتنے میں گھنٹی پھر بجی۔ اور پروفیسر کی آواز آئی۔
پروفیسر: "مناسب ہو گا کہ میں آپ کو تنبہ کر دوں کہ اگر آپ

ریڈیم ضائع کرنے کی کوشش کریں گے تو اس سے کچھ فائدہ نہ ہوگا اگر آپ نے ریڈیم کے ٹکڑے کو توڑ دیا یا کچل ڈالا تو اور بھی مضر ہوگا کیونکہ اس حالت میں اس کے ذرات منتشر ہو کر آپ کے جسم میں نفوس کر جائیں گے۔ اس وقت جو کیفیت آپ کو محسوس ہوگی وہ نہایت ہی دلچسپ ہوگی بشرطیکہ آپ اس کا تجربہ کرنا چاہیں۔ لیکن نتیجے کا ذمہ دار میں نہ ہوں گا۔ بہرحال اتنا میں آپ کو سمجھائے دیتا ہوں کہ آپ اس نئے زبردست عنصر سے اس حالت میں کسی طرح بچ نہیں سکتے۔ جب کہ آپ اس کے ساتھ ایک کمرے میں بند ہیں خصوصاً جبکہ وہ کمرہ بارہ فٹ مربع ہے۔"

بچارے میجر نے اس کا جواب نہ دیا۔ ٹیلیفون کے تار کے دوسرے سرے پر پروفیسر رابرٹ ہیلتھ فیلو آف دی رائل سوسائٹی آف سائنس کھڑے تھے۔ جن کی تحقیقات و انکشافات نے علمی دنیا میں ہلچل ڈال دی تھی۔ عام طور پر پروفیسر نہایت متین اور سنجیدہ شخص تھا۔ اور وہ اپنے اندرونی جذبات کو کسی شکل سے ظاہر نہ ہونے دیتا تھا۔ اس کے دوست کہا کرتے

تھے کہ پروفیسر کے چہرے پر سوائے اس حالت کے جب کہ وہ کوئی تجربہ کامیابی کے ساتھ کر رہا ہو خوشی کے آثار کبھی نہیں پائے جاتے یہ قول بالکل صحیح تھا۔ کیونکہ اس وقت وہ رچرڈ مارکھم سابق ملازم رسالۂ شاہی بحال مقید کمرۂ پروفیسر موصوف کے بیان کردہ تجربوں کو (جسے انھوں نے قلمبند کر لیا تھا) پڑھ پڑھ کر باغ باغ ہوئے جاتے تھے۔ پڑھتے تھے اور خوش ہوتے تھے کہ سائنس کی دنیا میں کس قدر اضافہ ہوا اور جوش مسرت میں پھر پڑھتے تھے۔

نفس کی رفتار ۳۷، حرارت غریزی ۹۹، قلب کی حرکت بے قاعدہ، نہایت عمدہ نتائج ہیں۔ سانس رک رک کے آتی ہے۔ یہ بھی قرین قیاس ہے۔ کیونکہ اسے مقید ہوئے ۳۱ منٹ گزر چکے۔ جسم مضبوط ہے۔ اسی لئے ابھی تک کچھ زیادہ تغیر نہیں ہوا ہے لیکن اب تھوڑی دیر میں دیکھنا کیا ہوتا ہے۔ جناب رچرڈ مارکھم آج تو آپ بے طرح پھنسے۔ اگر آپ مجرم نہ ہوتے تو میں آپ کو اس بلا میں پھنساتے ہوئے جھجکتا۔ لیکن بحالتِ موجودہ تو آپ کو اس سائنس کی راہ میں ضرور ہی یہ مصیبت جھیلنی چاہیئے۔ اگر آج کا تجربہ آپ کے ذہنِ

عالی سے اتر نہ گیا تو عمر بھر پھر چوری نہ کیجئے گا حقیقت میں یہ بات عجائباتِ قدرت سے ہے کہ عقل ہمیشہ مادّے پر غالب آتی ہے۔ کیا یہ تعجب کی بات نہیں کہ رچرڈ مارکھم جیسا قوی ہیکل اور زبردست آدمی مجھ جیسے ضعیف اور نحیف شخص کے اشارے سے برابر والے کمرے میں اس طرح بند ہو جائے جس طرح کہ چوہا چوہے دان میں بند ہو جاتا ہے۔ میں نے اپنی تحقیقات کا اشتہار اخباروں میں دے کر اپنی کمال دانشمندی کا ثبوت دیا۔ آج کل جتنے جرائم پیشہ لوگ ہیں سب اخبار پڑھتے ہیں۔ میرا خیال صحیح تھا کہ اس اشتہار پر ضرور کسی چور کی نظر پڑے گی۔ اس لئے ریڈیم کو میں نے کمرے کے وسط میں رکھ دیا تھا تاکہ چور کو ریڈیم ڈھونڈنے میں ذرا بھی دقت نہ ہو۔ ایک ایسی دہلیز کا تیار کرنا جس میں سے گزرتے ہی دروازہ کھٹ سے بند ہو جائے، میرے بائیں ہاتھ کا کھیل تھا۔ بس اب اس کا انتظار تھا کہ چور آئے اور جال میں پھنسے، جو ہو کر رہا۔

اس وقت گھنٹی بجی۔ پروفیسر فوراً آرام کرسی پر سے اُٹھا۔ اور ٹیلیفون کے پاس جا کر کہنے لگا۔ "رچرڈ مارکھم صاحب!

کیا آپ کی بے چینی بڑھنے لگی؟ فرمائیے کیا ارشاد ہے؟"

میجر: "کیا تم خداوند یسوع مسیح کو اپنا نجات دہندہ سمجھتے ہو؟"

پروفیسر: "کہتے تو ایسا ہی ہیں۔ مگر اس سوال سے آپ کا مطلب؟"

میجر: "جو شخص مسیح پر ایمان رکھتا ہو۔ اور بہشت میں جانے کا آرزومند ہو کیا وہ ایسی حرکات کا مرتکب ہو سکتا ہے؟ کہ مجھے اس کمرے میں بند کر کے دوزخ کی آگ کا ٹکڑا میرے سامنے رکھ دیا۔ کیا تم نہیں جانتے کہ میں اس آگ سے کباب ہوا جا رہا ہوں۔ اس کا زہر میرے جسم میں پھیل رہا ہے۔ اس کے انخرے میرا دم گھونٹ رہے ہیں اس کا اثر میرے دماغ پر چھایا جا رہا ہے۔ اگر تم عیسائی ہو تو کمرہ کھول دو اور مجھے باہر نکلنے دو۔"

پروفیسر: "یہ آپ اپنے دماغ کو بے فائدہ تکلیف کیوں دے رہے ہیں؟ آپ کو کوئی حق نہیں ہے کہ تجربہ ختم ہونے سے پہلے باہر نکلنے کا نام لیں۔ چونکہ آپ چور ہیں اس لئے آپ کو قرار واقعی سزا بھگتنی چاہیئے۔ آپ تو فوج میں ملازم رہ چکے ہیں۔ بیسیوں لڑائیاں لڑی ہوں گی۔

خون کے نالے بہتے، گولوں کے مینھ برستے دیکھے ہوں گے ذرا دیر کے لئے سمجھ لیجئے کہ وہی ہنگامہ بپا ہے۔ آپ نہیں سمجھ سکتے کہ آپ کی تھوڑی دیر کی تکلیف سے بنی نوع انسان کو کس قدر فائدہ پہنچے گا۔ میں آپ کی اس تکلیف کا حال برٹش میڈیکل[1] جرنل میں شائع کردوں گا اور مجھے یقین کامل ہے کہ آپ کے خویش و اقارب جب اسے پڑھیں گے تو آپ کی ذات پر فخر کریں گے۔"

میجر:۔ "میں خویش و اقارب سب پر فاتحہ پڑھ چکا ہوں۔ اور اگر کوئی ہوتا بھی تو اس بکواس کو نظر اٹھا کر بھی نہ دیکھتا دروازہ کھولنا ہے تو کھول۔ نہیں تو میں کوئی اور بات کر گزروں گا کہ تو عمر بھر پچھتائے گا۔"

پروفیسر:۔ "حضرت۔ اس کی طرف سے اطمینان رکھیئے۔ کمرے میں کوئی ایسی چیز نہیں۔ جس کی طرف سے خدشہ ہو۔ ریڈیم ہے سو اس کے توڑنے سے آپ کی جان پر ہی بن جائے گی۔ باقی اب رہا ٹیلیفون تو اس کے ضائع کرنے کا نتیجہ یہ ہوگا

---

[1] ایک رسالہ جس میں طب اور سائنس کے مضامین شائع ہوتے ہیں۔

کہ بیرونی دنیا سے جو رہا سہا تعلق آپ کا ہے وہ بھی منقطع ہو جائے گا۔ آپ ہمت کیوں ہارے جاتے ہیں۔ کلکتے کے بلیک ہول[1] والے واقعہ کا ذکر تو آپ نے سُنا ہی ہو گا۔ ان بچاروں کی حالت تو آپ سے زیادہ خراب تھی۔"

میجر:۔ "تیری اور تیرے بلیک ہول کی ایسی تیسی۔ رہ تو جا ملعون، خبیث، پاجی، اگر جیتا بچا تو تیری ہڈیاں چور چور نہ کر دی ہوں تو نام نہیں۔"

پروفیسر:۔ "جناب عالی! اس قدر گرم کیوں ہوتے ہیں؟ مزاج درست رکھیئے۔ کمرے میں چہل قدمی کیجئے۔ انشاءاللہ طبیعت جلد بحال ہو جائے گی۔ ہاں تھرما میٹر پھر زبان کے نیچے رکھ کر مجھے بتایئے کہ پارہ کتنے درجے پر ہے۔ سائنس کی کچھ نہ کچھ خدمت بجالاتے رہیئے۔ بیکار رہنا ٹھیک نہیں۔"

---

[1] ایک غلط بات ہے جس کو انگریز مورخوں نے نواب سراج الدولہ کو بدنام کرنے مشہور کر دیا تھا کہ ۱۴۶ انگریزوں کو گرمی کے موسم میں ایک تنگ کوٹھری میں بند کر دیا گیا تھا۔ نتیجہ یہ ہوا کہ ان میں سے کل ۲۳ آدمی زندہ رہے اس بات کو واقعۂ بلیک ہول (یعنی کالی کوٹھری) کہتے ہیں۔

(دل میں) بچہ کو اب تو چھٹی کا دودھ یاد آگیا ہوگا۔ اگرچہ پانچ سنٹی گرام ریڈیم کلورائڈ سے آٹھ چوہے تین دن میں مرجاتے ہیں تو ہر ایک تولا ریڈیم برومائڈ ایک مضبوط آدمی کو کتنی دیر میں بے ہوش کرسکے گا۔ اربعہ متناسبہ کا یہ سوال کئی دن سے حل طلب تھا۔ اب وہ وقت آگیا، کہ کوئی شخص اس کو حل کرے اور وہ شخص پروفیسر ہیلیتھ ہوگا۔ کچھ دیر میں گھنٹی بجی اور آواز آئی "حرارت غریزی ۱۰۲ انبض ۱۰۰۔ اے او پاپی پروفیسر! خدا کے لئے اب تو مجھ پر رحم کر۔ اگر مسیح کی خاطر نہیں تو کم از کم اس خیال سے چھوڑ دے کہ تو بھی بال بچوں والا ہے"۔

پروفیسر:۔ (میجر کی بات سنی ان سنی ایک کر کے) "نبض ۱۰۰ غالباً ناہموار ہوگی؟"

میجر:۔ "اپنی ہی کہے جاتا ہے۔ میری ایک نہیں سننا"۔

پروفیسر:۔ "رچرڈ مارکھم۔ از برائے خدا انصاف کیجئے کہ جو قرارداد مجھ میں اور آپ میں ہوئی تھی۔ اس کے لحاظ سے آیا یہ مناسب ہے کہ ایسی حالت میں جب کہ تجربے سے خاطر خواہ نتائج پیدا ہو رہے ہیں۔ آپ اپنی رہائی کے لئے زور دیں۔

اور تجربہ کو اخیر تک پہنچانے سے پہلو تہی کریں۔ اگر علمی دنیا پر احسان کرنا نہیں چاہتے تو کم از کم ایفائے عہد ہی کے خیال سے اپنی بات پر قائم رہیئے۔ ہاں تو کیا آپ کی نبض ناہموار ہے"؟

نیجر:۔" ہاں ہے تو۔ لیکن میرے ہاتھ بھی کھجلا رہے ہیں کہ تیری چاند گنجی کر دیں۔ پروفیسر ہیلتھ! یاد رکھ اگر آج میرا دم نکل گیا، تو خبیث بن کر تجھے اور تیرے گھر بھر کو پانچویں پشت تک کھا جاؤں گا۔ دیکھ لینا تو پاگل ہو کر بھونک بھونک کر کتے کی موت مرے گا۔ کھول کواڑ۔ او پاجی گدھے"۔

گالیاں سُن کر پروفیسر ٹیلیفون سے ہٹ گیا۔ اور اپنی ڈاڑھی پر ہاتھ پھیر کر کہنے لگا۔ ادنیٰ درجے کے اراذل کی خصوصیت ہے کہ سختی کے وقت گندہ دہن ہو جاتے ہیں۔ مجھ پر خواہ کیسا ہی وقت کیوں نہ آپڑے ناممکن کہ پایۂ تہذیب اور درجۂ ثقاہت سے گرا ہوا کوئی لفظ میری زبان سے ادا ہو۔ شرافت خاندانی اور اعلیٰ تعلیم کے یہی تو جوہر ہیں لیکن رچرڈ مارکھم نے میرے استفسارات کا جواب جس تشفی بخش طریقے سے دیا ہے۔ اس سے معلوم ہوتا ہے کہ تعلیم اچھی پائی ہے، اس سے نتیجہ یہ نکلا کہ آخر میں شرافت خاندانی

بازی لے جاتی ہے۔

یہ کہہ کر پروفیسر نے بڑے فخر سے اپنی ڈاڑھی پر ہاتھ پھیرا کچھ دیر گزرنے کے بعد پروفیسر نے اس خیال سے کہ اس قیدی کی حالت ضرور متغیر ہونی شروع ہوئی ہو گی۔ گھنٹی بجائی لیکن کچھ جواب نہ ملا۔ پروفیسر نے دل میں کہا کہ یہ ہو نہیں سکتا، کہ ایک پینتیس سال کا جوان سپاہی ایسی جلدی بیہوش ہو گیا ہو۔ ضرور ہے کہ وہ کمرے میں چہل قدمی کر رہا ہو۔ یہ سوچ کر اس نے پھر گھنٹی بجائی۔ اس دفعہ آہستہ سے جواب آیا۔ جسے سُن کر پروفیسر نے کہا:۔

"جناب آپ نے جواب کیوں نہ دیا؟"

نیجر:۔" جیسے میں تیرے باپ کا نوکر ہوں۔ میں یہ سوچ رہا تھا کہ اگر تو میرے ہاتھ آ جائے تو تجھے کن عذابوں سے ماروں

ابے سنتا ہے کہ نہیں۔ اس آگ کو دیکھتے دیکھتے میری آنکھیں پھوٹ چلیں اب تو میری روح تحلیل ہوئی جاتی ہے۔ اب مجھے پولیس ولیس کی کوئی پرواہ نہیں۔ تیرا جی چاہے تو گرفتار کرا دے۔"

پروفیسر:۔" جناب عالی! آپ کی گفتگو پایۂ ثقاہت اور درجۂ

تہذیب سے گری ہوئی ہے۔ مجھے آپ کے اس اشتعال طبع پر رہ کر تعجب ہوتا ہے کہ آپ جیسا جوان، بچوں کی طرح بگڑے۔ اور بڈھوں کی طرح چڑے۔ اب تو میں پولیس کو بلانے سے رہا۔ آپ نے وعدہ کیا تھا کہ تجربہ کو اختتام تک پہنچا دیں گے۔ اور ایفائے وعدہ آپ کا فرض ہے۔ اب کہئیے۔ نبض کی رفتار کیا ہے"؟

میجر:۔ "۱۲۰ ہے۔ اور کوئی تعجب نہیں اگر آگے چل کر گھنٹے کی طرح ٹن ٹن کرنے لگے"۔

پروفیسر:۔ "ہمت نہ ہارئیے۔ آپ کے ہاتھوں کی رنگت نیلی ہے"؟

میجر:۔ " نیلی تو نہیں سبز ہے"۔

پروفیسر:۔ "سبز، ناممکن ہے"۔

میجر:۔ "ممکن ہے کہ حقیقت میں نیلی ہو۔ کیونکہ میری نگاہ خراب ہے۔ رنگوں میں امتیاز نہیں کر سکتا"۔

پروفیسر:۔ سپاہی ہو کر آپ کی بصارت ایسی ضعیف ہو بخت تعجب ہے شاید آپ کے ہاتھ میلے ہوں گے۔ اس وجہ سے بھی نیلاہٹ میں ہریائی معلوم ہوتی ہو گی۔ آپ کی انگلیوں میں درد تو نہیں ہوتا"؟

میجر:- "نہ صرف ہاتھ بلکہ پاؤں کی انگلیوں میں بھی ٹیسیں اُٹھ رہی ہیں"

پروفیسر:- مرحبا! اور حرارت غریزی؟"

میجر:- "۱۰۴- ارے میں گرمی کے مارے بھنا جا تا ہوں. کیا تو نے مجھے مار ہی ڈالنے کی ٹھانی ہے؟"

پروفیسر:- ابھی کلتھم سوا گھنٹہ ہوا ہے. اس پر یہ شور برپا کر دیا کہ الا امان ابھی تو تجربے کی ابتدا ہی ہے۔ یہ کہہ کر پروفیسر برآمدے میں ٹہلنے اور اپنے دل سے باتیں کرنے لگا"۔

کاش! کنٹر[1] یہاں موجود ہوتا. میں ثابت کر کے اس سے منوا لیتا کہ اس کی یہ رائے بالکل غلط ہے کہ ریڈیم کے اثر سے خون آکسیجن سے خالی ہو کر بیہوشی کی کیفیت پیدا کر دیتا ہے. میں علمی دنیا کے سامنے اب یہ اصول پیش کر سکوں گا کہ ریڈیم کے فعل سے اعصاب متاثر ہوتے ہیں اور معمول مفلوج ہو جاتا ہے. کنٹر بے وقوف ہے. اپنی بات پر اڑا رہا. اب اسے میری بات ماننی پڑے گی۔

اتنے میں پھر گھنٹی بجی. اور میجر کی آواز آئی۔

---

[1] ایک اور سائنس دان کا نام۔

" پروفیسر، سیلتھ اچھی طرح سُن! اگر تو نے فوراً دروازہ نہ کھول دیا تو میں یہ ریڈیم نگل جاؤں گا اور تو ٹاپتا رہ جائے گا۔ ریڈیم نگلنے سے میری حالت اس سے تو خراب ہونے سے رہی۔ جیسی اس وقت ہے۔ میں چاہتا ہوں کہ جس قدر جلد میرا دم نکل جائے، اچھا ہے"۔

پروفیسر:۔ "آپ احمق نہ بنیئے۔ جو تکلیف آپ کو ہو رہی ہے، اس میں بہت زیادتی ہو جائے گی"۔

میجر:۔ "کچھ پرواہ نہیں۔ میں....."

پروفیسر:۔ ٹیلیفون بند کر کے اِدھر اُدھر ٹہلنے لگا اور دل میں کہنے لگا کہ اس شخص نے تو مجھے مایوس کر دیا۔ خدا ہی ہے جو تجربہ حسبِ مراد ختم ہو۔ یہ شخص تو جلد ہی ہمت ہار گیا۔ آخر رذیل ہے نا۔ محض گوشت اور خون کا تودہ کیا کر سکتا ہے جب تک شرافت و علم نہ ہو۔

کچھ دیر کے بعد پروفیسر نے پھر گھنٹی بجائی۔ لیکن اس دفعہ جو جواب اسے ملے اس سے معلوم ہوتا تھا کہ قیدی کا دماغ چل گیا اور جو آوازیں پروفیسر کے کان میں رک رک کر آئیں وہ یہ تھیں۔

ہیلیتھ کے سر پہ تلی ناچی۔ او سوارا گھوڑا دوڑائے کدھر جاتا ہے۔ برف گر رہی ہے۔ ہیلیتھ پیپا بنا ہوا سٹرک پر لڑھک رہا ہے۔

پروفیسر:۔ "مارکھم صاحب! خدا کے واسطے حواس بجا رکھیئے۔ مجھے ابھی دیر تک تجربہ کرنا ہے۔ آپ کے اختلالِ حواس سے میرا بنا بنایا کھیل بگڑ جائے گا۔"

میجر:۔ "آہا ہاہا۔ او ہو ہو ہو۔ سوارو تلواریں کھینچ کر آگے بڑھو۔ اور دشمن کو کاٹ ڈالو۔ بور بور جاپانی اور روسی گلے مل رہے ہیں۔ شاباش میرے بہادرو! گھر کو پکڑے چلو... واہ رے میں۔ تلوار سے ایک سارجنٹ میجر کے دو ٹکڑے کر دیئے۔"

اس کے بعد ٹیلیفون میں قہقہوں کی آوازیں آنے لگیں۔ جنہیں سن کر پروفیسر نہایت افسردہ ہوا۔ تجربے کے اس طرح رک جانے سے اس کی خوشی خاک میں مل گئی۔ کچھ دیر بعد اس نے گھنٹی بجائی۔ لیکن کچھ جواب نہ ملا۔ آخر پروفیسر نے غمزدہ آواز میں کہا۔

اب تو دروازہ کھولنا ہی چاہیئے۔ یہ شخص بے ہوش پڑا ہوا ہے۔ اور اس حالت میں اگر دیر تک ریڈیم کی شعاعوں کے سامنے پڑا رہا تو ممکن ہے کہ نتیجہ اچھا نہ ہو۔

یہ کہہ کر اس نے دروازہ کھولا۔ کمرے میں اندھیرا تھا۔ پروفیسر سخت متعجب ہوا اور دل میں کہنے لگا۔

یہ ریڈیم کہاں غائب ہو گیا۔ کہیں حقیقت میں نگل ہی تو نہیں گیا آگے بڑھ کر چاہا کہ بٹن دبائے تا کہ کمرے میں بجلی کی روشنی ہو جائے۔ اس نے قدم اندر رکھا ہی تھا کہ دروازہ بڑے زور سے بند ہو گیا۔ پروفیسر نے کمرہ روشن کر کے چاروں طرف نظر ڈالی۔ مگر نہ قیدی تھا نہ ریڈیم۔ اس وقت ٹیلیفون کی گھنٹی بجی اور آواز آئی۔

"کیا جناب کمرے میں تشریف رکھتے ہیں"؟

پروفیسر:۔ (محوِ استعجاب ہو کر) "مارکھم! تم ہو؟"

آواز:۔ "جنابِ والا۔ ہاں خاکسار حاضر ہے"۔

"آپ کی عمر کیا ہے؟"

پروفیسر:۔ "تمہارا سر ہے"۔

میجر:۔ جناب پروفیسر صاحب! برہم نہ ہوجیئے۔ آپ کی حرارت غریزی کتنے درجے ہے؟ مقیاس الحرارت ٹیلیفون کے پاس ہے۔ براہِ کرم زبان کے نیچے لگایئے اور جیب سے گھڑی نکال کر نبض کی رفتار بھی بتایئے"۔

پروفیسر: "نابکار، ملعون، چور، بدمعاش! تو ہمارا مذاق اڑاتا ہے؟"
میجر: "جنابِ عالی! آپ کی گفتگو پایۂ ثقاہت اور درجۂ تہذیب سے گری ہوئی ہے۔"
پروفیسر: "ابے او پاجی! سنتا ہے کہ نہیں۔ اگر تو نے فوراً دروازہ نہ کھول دیا، تو تجھے پولیس کے حوالے کر دوں گا۔"
میجر: "جنابِ عالی! پولیس کہاں۔ سوائے اس خاکسار کے اور یہاں کوئی بھی نہیں ہے۔"
پروفیسر: "ابے تو نے میرا ریڈیم کیا کیا؟"
میجر: "جنابِ والا! ریڈیم نہایت حفاظت سے میری جیب میں رکھا ہوا ہے۔ یہاں آنے سے پہلے میں نے اس کے حالات خوب اچھی طرح سے پڑھ لئے تھے۔ ایک سیسے کی چھوٹی سی ڈبیہ جس کے اندر سیسے ہی کی اور ایک ڈبیہ بند تھی اور دونوں کے درمیان پارہ بھرا ہوا تھا۔ میں اپنے ساتھ لیتا آیا تھا۔ جب آپ نے مجھے مقید فرمایا ہے تو اس کے کچھ دیر بعد میں نے ریڈیم کو اس ڈبیہ میں بند کر لیا تھا۔ اس ڈبیہ کے باہر نہ اس کی شعاعیں نکل سکتی ہیں اور نہ حرارت اثر کر سکتی ہے۔ میرا وقت آپ سے باتیں کرنے میں نہایت

عمدہ طور پر صرف ہوا۔ میں جناب والا کو یقین دلاتا ہوں کہ جناب کی خوشگوار باتیں مجھے عمر بھر نہ بھولیں گی۔"

پروفیسر:۔ مارکھم! تو اول درجے کا چھٹا ہوا بدمعاش۔ بے ایمان اور گستاخ ہے۔ مجھے جلد حراست سے نکال ورنہ!"

مینجر:۔" جناب عالی! ناراض نہ ہوجئے۔ آپ نہیں سمجھ سکتے کہ آپ کی تھوڑی دیر کی تکلیف سے بنی نوع انسان کو کس قدر فائدہ پہنچے گا۔ برٹش میڈیکل جرنل میں آپ کا جو مضمون طبع ہوگا میں اسے ضرور پڑھوں گا۔ اور اس کی تردید میں ایک حرف بھی زبان سے نہ نکالوں گا۔ اگرچہ میری نبض کی رفتار ۷۲ سے نہیں بڑھنے پائی اور حرارتِ غریزی ۹۹ درجے سے زیادہ نہ ہوئی۔ اگر میں آپ سے شرفِ مکالمت حاصل کرنے کے بجائے ریڈیم کو فوراً ڈبیہ میں بند کر لیتا تو اتنا بھی نہ ہوتا لیکن جناب سے ایک فروگذاشت ضرور ہوئی کہ دروازہ کھولتے وقت جناب نے یہ خیال نہ فرمایا کہ جس بوتل کا آپ کارک کھول رہے ہیں اس میں اڑجانے والا جوہر بند ہے۔ براہ کرم کلکتے کے بلیک ہول کا تصور اپنے ذہن میں رکھیئے اور مجھے الوداع کہنے کی اجازت دیجئے۔ خدا حافظ!" (ترجمہ از ظفر علی خاں)

★ ★ ★